Günter-Christian Möller

Altdrachenstein

Der Schatz der Elfen

© 2015 Günter-Christian Möller
Umschlag, Illustration: Ingeborg Geib
Lektorat, Korrektorat: Dr. Nicola Peczynsky

Verlag: tredition GmbH, Hamburg

ISBN
Paperback   978-3-7345-4127-8
Hardcover   978-3-7345-4128-5
e-Book   978-3-7345-4129-2

Printed in Germany

1
Die dreizehn Masken der Finsternis

Es roch nach Rauch, Quellwasser und vermodertem Holz. Fackeln steckten in Haltern an den Felswänden, die von Ornamenten verziert wurden, auf denen Männer mit Speeren und Zauberstäben Drachen umkreisten. Dazwischen waren größere und kleinere Totenköpfe zu sehen.

Die Felswände ragten steil hinauf. Einige Lichter weit oben erweckten den Eindruck, als ob das Licht der Sterne vom Nachthimmel herabfunkelte. Eine kleine Arena tat sich zwischen den Felswänden auf. Auf der einen Seite ging sie in eine breite hohe Schlucht über, in dem ein altes Holzhaus zwischen zwei toten Bäumen stand. Auf der anderen Seite verengte sie sich in eine zweite, allerdings schmale Schlucht, die hinter einer Biegung in einen Tunnel überging, aus dem aufgeregte Stimmen zu vernehmen waren.

Zwölf Männer setzten sich auf Stühle, die in einem Halbkreis um einen Wasserfall herum gruppiert waren. Sie trugen blaue und rote Kutten und verschiedene Hüte auf den Köpfen. Ihre schwarzen Masken mit Augenschlitzen betonten den geheimen Charakter der Zusammenkunft. Als der Wasserfall im Hintergrund anfing silbern zu leuchten, verstummte das Gerede der Männer. Einige Kristalle im felsigen Gestein spendeten nun ein mattes flackerndes Licht, in dem der Wasserfall fast wie ein lebendiges Wesen aussah. Ein dreizehnter Stuhl mit einem kleinen Pult davor stand auf einem Podest auf der linken Seite des Wasserfalles. Plötzlich bildete sich dort ein Lichtblitz und im bläulichen Dunst tauchten die Umrisse eines dreizehnten Mannes auf, der schwarz verhüllt war. Er setzte sich auf den Stuhl, der eben noch leer gewesen war. Durch die Schlitze seiner Maske funkelten stechend grüne Augen, doch er schwieg. Zwei der Totenköpfe an den Wänden begannen rot und blau zu schimmern. Eine Frau mit weißem Gewand und verbundenen Augen erschien nun auf der rechten Seite des Wasserfalls im Lichtschein eines darüber schimmernden großen, silbernen Kristalls. Sie verharrte dort wie eine Statue. Dann begann es, in der Dunkelheit zu rauschen. Der Strom des Wassers nahm zu. Das Becken vor dem Wasserfall füllte sich. Da richtete sich der schwarze Maskenmann auf dem dreizehnten Stuhl auf und sprach nun mit lauter Stimme:

„Seit über 400 Jahren treffen sich die Magier des Ordens der Portalmaurer und die Magier der Zauberstabzunft jeden Monat einmal, um über die Zukunft unserer Enklave Cerninia zu beraten. Morgen wird nun er, den wir erwarten, hier erscheinen: Ein junger Magier aus der Enklave Altdrachenstein wird auf Einladung unserer Universität hier bei uns nach magischen Geheimnissen forschen. Er ist ein Bote des Lichts, dazu befähigt magische Tore zu öffnen, die sonst kein anderer Magier öffnen kann. Leider kommt er nicht allein, was für uns und unsere Pläne besser wäre. Eine Elfe wird ihn begleiten. Ich frage deshalb zunächst den Sprecher der Zauberstabzunft: Was gedenken Sie in dieser Angelegenheit zu unternehmen?"

Unruhe entstand unter den zwölf Männern vor ihm. Endlich stand einer mit einer dunkelroten Kutte auf und gebot den anderen Schweigen. Er wartete, bis sich das Raunen in der Schlucht beruhigt hatte:

„Wir sollten nichts unternehmen, was das Leben des Jungen gefährden könnte. Es ist viel wichtiger, die magische Vergangenheit zu erforschen als gefährliche und womöglich erfolglose Unternehmungen zu starten, wie Sie, Herr von Galgenberg, es vor Kurzem in Altdrachenstein mit all Ihren unfähigen Söldnern getan haben. Nichts ist dabei herausgekommen! Nur die Drachen und Elfen sind stärker geworden als je zuvor. Und damit nicht genug: Die meisten Magier in der Enklave Altdrachenstein haben sich von uns abgewendet, es stehen nur noch wenige auf unserer Seite."

Er blickte zu einem der blauen Kuttenträger, hinter dessen Maske sich von Galgenberg verbarg. Von Galgenberg funkelte den Sprecher bedrohlich an, doch dieser nahm keine Rücksicht darauf.

„Nicht nur, dass Sie nichts erreicht haben, nein, ich musste sogar erfahren, dass Sie nicht davor zurückschreckten, einen Feuergeist in ihre Dienste zu nehmen. Ja, Sie hätten dieser Kreatur beinahe zu unbegrenzter Macht verholfen. Eine unverantwortliche Schandtat für jeden Magier, dem die Zukunft unserer Spezies nicht egal ist!"

Wieder machte der Mann eine Pause und sah in die Runde.

„Ich plädiere dafür, Herrn von Galgenberg aus unserem Zirkel auszuschließen. Wir können nicht dulden, dass die Verwirklichung unserer Ziele durch solch grobe Fehler gefährdet wird."

Der Magier setzte sich, während die anwesenden roten Kuttenträger ihm applaudierten und Zustimmung äußerten. Da erhob sich ein blauer Kuttenträger und ergriff das Wort.

„Ich darf daran erinnern, dass wir von Galgenberg in die Enklave Altdrachenstein geschickt haben, um die wiedererwachte Macht der Elfen zu schwächen und die der dortigen Magier zu stärken. Die Mehrheit von uns hatte das damals so gewollt und beschlossen. Dass von Galgenberg diese Aufgabe nicht bewältigen konnte, lag an den unvorhersehbaren Schwierigkeiten mit den Drachen, die Partei für die Elfen ergriffen haben."

Nun forderte von Galgenberg selber das Wort. Er stand von seinem Stuhl mit einer Schnelligkeit auf, die man dieser massigen Gestalt kaum zugetraut hätte, und wandte sich an den schwarzen Magier:

„Wir müssen uns mit dem unglücklichen Ausgang des Konfliktes in Altdrachenstein abfinden, jetzt geht es um Cerninia. Eine Elfe in unserer Enklave, in Cerninia, zu dulden, wäre nicht nur ein ewiger Schandfleck für unsere magische Ethik. Sie ist auch eine große Gefahr für unsere Enklave und unsere Ordnung, denn sie könnte in den Besitz unserer Forschungserfolge der letzten Hundert Jahre gelangen."

Er machte eine Pause und sah zu den roten Kuttenträgern hinüber.

„Es ist nie herausgekommen, wo die letzten Elfen dieser Enklave geblieben sind und was aus dem letzten Drachen von Cerninia geworden ist. Vielleicht hausen sie in irgendwelchen, uns unbekannten Höhlen, genau hier unter uns. Drachen sind gefährlich, besonders alte Drachen. Der junge Magier, der morgen erscheinen wird, ist ein Bote des Lichts. Das macht ihn nicht nur natürlicherweise zu einem Freund der Drachen. Nein, er kann auch Elfen- und sogar Drachenschlösser öffnen! Dadurch ist er eine Gefahr für uns alle."

Eine Pause folgte, in der das wütende Gemurmel der roten Kuttenträger das Rauschen des Wasserfalls übertönte.

„Es wäre also besser, diesen Boten des Lichts zu töten, genauso wie alle, die ihn begleiten."

Ein anderer blau gewandeter Magier ergriff das Wort und unterstützte diesen Vorschlag auf das energischste:

„Sehr richtig! Die Elfe wird nur gegen unseren Widerstand nach Cerninia gelangen. Wir werden eure Untätigkeit nicht hinnehmen."

Herausfordernd blickte er die roten Kuttenträger einen nach dem anderen an.

Der schwarz verhüllte Magier hatte bisher still und aufmerksam das Gespräch verfolgt, nun erhob er sich und forderte Ruhe ein, indem er den wachsenden Tumult mit dem Klopfen eines Holzhammers auf sein Pult unterbrach.

„Ich hoffe, dass Ihre Versprechungen erfolgreicher verlaufen als ihre Aktivitäten in der Enklave Altdrachenstein, Herr von Galgenberg. Damals hatten Sie uns vollmundig angekündigt, dass Sie die Elfen ein für alle Mal aus der Enklave Altdrachenstein vertreiben und den versöhnenden Einfluss von Direktor Drachennot unterbinden würden. Das entspricht unserem Grundsatz, keinen Frieden mit den Elfen irgendeiner Enklave in Europa zu schließen. Noch so ein Misserfolg und wir sind alle verloren", erklärte der Schwarze mit lauter, kalter Stimme.

Ein roter Kuttenträger rief dazwischen:

„Wir hatten davor gewarnt, die ganze Enklave Altdrachenstein mit Söldnern anzugreifen, ohne irgendein Wissen über die Eigenschaften der Höhle des Gleichgewichts zu besitzen. Ich plädiere deshalb dafür, zunächst abzuwarten und nichts zu unternehmen. Vielleicht findet der Bote des Lichts gar nichts heraus, denn er ist sehr jung. Seine Magie ist nicht sonderlich mächtig, wie man hört. Sollte er tatsächlich etwas Interessantes erfahren – um so besser für uns: Wir werden es unserem Wissensschatz hinzufügen."

Ein blau verhüllter Magier war damit nicht einverstanden:

„Wir müssen ihn isolieren. Er soll nur finden, wonach wir suchen, und das nehmen wir uns dann, denn es gehört uns. Die Gefahr, dass seine Magie ins Unermessliche wächst, ist einfach zu groß: Schließlich hat jeder Bote des Lichts einen Drachen als Gefährten und solange der noch lebt, ist er eine riesige Bedrohung."

„Es steht zu viel auf dem Spiel", erwiderte von Galgenberg. „Sie alle kennen die Legende vom Schatz der Elfen in Cerninia und Sie erinnern sich bestimmt auch, dass dort die Entstehung einer Enklave mithilfe dieses Schatzes geweissagt wird. Es wäre fatal, wenn der Bote des Lichts diesen Zauber in Gang setzen würde. Entweder wir nehmen ihn gefangen oder wir töten ihn."

Doch der Sprecher der Zauberstabzunft widersprach:

„Es ist doch völlig ungewiss, ob es diesen Schatz überhaupt gibt, und der Bote des Lichts wird nur von einer Elfin begleitet. Sein Drache wird nicht mit ihm kommen. Selbst wenn die magische Kraft des Schatzes riesig ist, wird er sie aufgrund seiner beschränkten magischen Fähigkeiten nicht erkennen, geschweige denn freisetzen."

Der vorsitzende Magier versuchte das nun einsetzende empörte Kommentieren und Lamentieren mit seinem Holzhammer zu unterbinden. Energisch bat er um Ruhe und verkündete:

„Genug geredet! Ich ordne eine Abstimmung in dieser Angelegenheit an: Wer ist dafür, dass wir den Boten des Lichts töten?"

Die sechs Zauberstäbe der Magier vom Orden der Portalmaurer reckten sich nach oben.

„Und wer ist dafür, ihn nicht zu töten, sondern ihn unter strenger Überwachung die magischen Geheimnisse unserer Enklave erforschen zu lassen?"

Die sechs Zauberstäbe der Magier von der Zauberstabzunft hoben sich in die Höhe. Der schwarze Magier wandte sich nun an die weiße Frau vor dem Wasserfall.

„Gut, dann wird eben das Schicksal entscheiden. Ich bitte alle Magier, sich zu erheben und sich vor der Seherin zu verbeugen. Kassandra, sag uns, was du siehst. Was soll geschehen?"

Die Magier erhoben sich und verbeugten sich vor der Frau, die sich wortlos zum Wasserfall drehte und ihre Hände hob. Immer größere Wassermassen liefen ins Becken und das Licht der Kristalle wurde intensiver. Das Rauschen in der Höhle steigerte sich fast ins Unerträgliche. Nun floss das Wasser über die Ränder des Beckens und sprudelte um die nackten Füße der Seherin. Blitze schossen aus ihren Händen und trafen das Nass. Nebel stieg auf, die Luft im Tunnel kam in Bewegung. Ein kleines Flugzeug erschien aus der Dunkelheit im bläulichen Dunst der Wassermassen, es zitterte, doch trotzte es dem aufkommenden Wind. Dann wurden im Nebel die Konturen eines blauen Totenkopfes sichtbar, der Feuer spie. Plötzlich zerbrach das kleine Flugzeug, fiel herunter und wurde von den Wassermassen verschlungen. Kassandra ließ die Hände sinken, das Rauschen wurde leiser und leiser und das Licht erlosch.

„Falls jemand Zweifel an der Richtigkeit dieses Schicksals hat, dann möge er sie jetzt äußern oder für immer schweigen", sagte der schwarz verhüllte Magier. Er wartete einige Minuten, doch niemand widersprach. „So soll es denn geschehen."

Dann verschwand er in einem weißen Lichtblitz. Erleichterung ging durch die Reihen der blauen Magier, während die Roten ihrem Ärger Luft machten. Langsam löste sich die Versammlung auf, die Magier strebten in die Schlucht, an dessen Ende sie nach und nach verschwanden. Nur zwei der blauen Kuttenträger blieben in der Arena zurück.

„Wollen Sie Florian und seinen Drachen wirklich töten, von Galgenberg?"

„Nein, aber ich will sie gefangen nehmen und Florian zu meinem Diener machen. Dann können wir diese Enklave allein beherrschen. Ich werde der nächste schwarze Magier, Lemort! Wenn das Flugzeug allerdings wirklich abstürzt und Florian dabei stirbt, ist es nicht schade um ihn. Dann machen wir uns alleine auf die Suche nach dem Elfenschatz, damit wir möglichst viele Zauberstab-Magier, die uns Portal-Magiern zahlenmäßig überlegen sind, auf unsere Seiten ziehen können. Können wir den Schatz in Besitz nehmen, so wird das bestimmt auf die Mitglieder der anderen Zunft Eindruck machen. Und auf jeden Fall will ich unsere Freunde aus ihrer Gefangenschaft in Altdrachenstein befreien. Wenn wir die Macht hier in Cerninia übernehmen wollen, dann ist das jetzt die beste Chance."

„Ich werde aus Professor Pegasus nicht schlau", sagte Lemort. „Hier spielt er den Schiedsrichter zwischen den beiden mächtigen Zünften und als stellvertretender Direktor der Universität betreibt er die Einladung des Jungen hierher."

Von Galgenberg sah Lemort nachdenklich an.

„Besser jetzt einen Boten des Lichts einladen, der noch nicht über seine überragenden Kräfte verfügt, als später auf einen überlegenen Feind zu treffen. Professor Pegasus will sich eben alle Möglichkeiten offenhalten."

„Und was ist mit Kassandra? Sie hat doch eigentlich für uns entschieden?", hakte Lemort nach.

„Nein, nicht wirklich", entgegnete von Galgenberg. „Kassandra kommt aus dem Fischerviertel unten am See und ist vermutlich eine Elfe. Pegasus hat sie irgendwie in seiner Hand. Ich weiß nicht wie, aber sie trifft niemals eine Entscheidung gegen seinen Willen."

„Aber wenn sie eine Elfe ist", flüsterte Lemort mit gerunzelter Stirn, „dann müsste sie längst tot sein."

„Richtig", sagte von Galgenberg. Die Geburtsurkunde von Kassandra ist verschwunden. Vielleicht befindet sie sich ja in der Bibliothek von Professor Pegasus? Kassandra hat ein Adoptivkind: Nanea Siebenstein. Wer weiß, ob sie nicht doch ihr leibliches Kind und damit auch eine Elfe aus dem wichtigsten Elfen-Clan ist."

2
Der Anschlag

Florian war ganz aufgeregt. Der junge, fünfzehnjährige Magier stand neben Fanina, einer gleichaltrigen Elfin. Alfons Theodor von Drachennot, Direktor der Magierschule Altdrachenstein, schien die Aufregung seiner Schüler gar nicht zu bemerken, er starrte zum Himmel hinauf und auch der Mineralienlehrer Trodem, der ein Stückchen abseits wartete, machte einen gelangweilten Eindruck.

Nach dem erfolgreichen Kampf gegen die beiden Magier von Galgenberg und Lemort und ihre Söldner hatten die Lehrer der Schule Altdrachenstein und der Gemeindevorstand des Dorfes beschlossen, dass in Zukunft auch Elfen an der Schule unterrichtet werden sollten, obwohl sie eigentlich Feinde waren. Aber ohne die Hilfe der Elfen wäre der Sieg unerreichbar gewesen. Und so wurden jetzt nicht nur probehalber Elfenmädchen und -jungen zum Unterricht zugelassen, sondern auch ein Elfenlehrer für Magie eingestellt.

Sogar die Enklave Cerninia in der Schweiz hatte diese Maßnahme begrüßt, denn den Elfen war es auch zu verdanken, dass Tobias Kwantentorf, der Sohn des Direktors der dortigen Magieruniversität noch am Leben war. Von Galgenberg und Lemort hatten ihn nämlich vor einem halben Jahr entführt. Auch wollten die Magier aus Cerninia Fanina und Florian kennenlernen, die eine zentrale Rolle bei der Befreiung gespielt hatten. Sie hatten ihnen deshalb angeboten, ein Praktikum an der Universität zu machen und beim Erstellen einer Studie zu helfen. Über das Thema hatten Fanina und Florian noch nichts erfahren. Trodem, der Mineralienlehrer, hatte verschwörerisch gegrinst und gemeint, es würde sehr interessant werden. Ihre Mitarbeit könne jedoch überaus hilfreich sein, nicht zuletzt deshalb, weil sie ja bei ihm Unterricht gehabt hätten. Florian hatte daraufhin die Stirn gerunzelt und versucht, sich an Details des Unterrichts bei Trodem zu erinnern. Er konnte in seinem Kopf aber leider keine Erinnerungen finden, die ihn ermutigt hätten, an eine große wissenschaftliche Befähigung zu glauben. Oder reichten Zaubersprüche etwa aus, um etwas Entscheidendes zu einer Studie beizutragen?

Nun stand er mit Fanina auf einer großen, kahl gefressenen Schafweide in der Nähe vom Burgsee und schaute sich um. Weit und breit war nichts zu sehen. Nur ein Bauer, der in etwa einem Kilometer Entfernung mit seinem Pferd ein Feld pflügte. Florian schaute auf die Uhr. Genau zehn Uhr. Dann blickte er zu Drachennot, der mitgekommen war, um seine beiden Schüler zu verabschieden. Der Direktor lächelte zuversichtlich und blickte in Richtung Westen, auf den Burgsee, denn von dort würden die Leute kommen, auf die sie warteten. Plötzlich schloss er die Augen.

„Sie kommen", sagte er. Florian riss die Augen auf, konnte aber nichts sehen. Auf dem See war kein Boot zu erkennen. Auch Fanina schüttelte den Kopf. Da deutete der Direktor auf einen kleinen Punkt in der Luft, der schnell näher kam. Ein dumpfes Dröhnen wurde lauter, bis ein uraltes Flugzeug dicht über ihre Köpfen hinwegschoss. Zwei laute Motoren zerrissen die Ruhe. Fanina hielt sich beide Ohren zu und blickte dem seltsamen Objekt ängstlich hinterher. Kurz darauf kam es zurück und landete mit stotternden Motoren auf der Schafweide. Dann rollte es langsam auf die Wartenden zu und kam dort zum Stand. Nach einigen Fehlzündungen der Zylinder herrschte schließlich wieder Stille. Es roch nach verbranntem Benzin und Auspuffgasen.

Eine schmale Luke öffnete sich und zwei Männer stiegen aus. Sie hatten altmodisch anmutende Fliegerbrillen auf, die sie nun abnahmen. Ihre dicken Fliegerjacken und die Stoßkappen auf dem Kopf verstärkten noch den Eindruck eines längst vergangenen Jahrhunderts.

„Das ist der berühmte Pilot Karlus Libellius", stellte Drachennot den einen der beiden Flieger vor, während er dem Mann die Hand schüttelte. Trodem lächelte Karlus Libellius zu und nickte, Florian und Fanina reichten dem Piloten schüchtern die Hand.

„Er hat dieses Flugzeug, eine Libi 252, auch konstruiert, wenn ich mich recht entsinne, lieber Karlus?", meinte der Direktor.

„Na, nun übertreib man nicht so, Alfons", sagte der Mann und spuckte einmal aus, bevor er weiterredete. „Ich muss erst diesen ekelhaften Benzingeschmack loswerden. Wahrscheinlich leckt wieder einer der Tanks. Fürchterlich."

Er machte eine kurze Pause und atmete tief durch.

„Wir haben eine abgestürzte Libi vor zehn Jahren in der Nähe unserer Enklave in einem See entdeckt. Sie sind eigentlich eine Erfindung der Menschen, der Nichtmagier oder Nimagis, die sie früher wohl mal in großer Zahl gebaut haben. Die abgestürzte Maschine haben wir unseren magischen Bedürfnissen angepasst: mit magischem Einspritzsystem, Widu-Starter, 33-Bit-Autopilot mit zwei Dreifrosch-Kommandoeinheiten und Doppelirrlicht-Monitoren."

Anscheinend bewirkten all diese fantastischen Eigenschaften jedoch kein gutes Flugerlebnis, denn der Pilot war blass im Gesicht und hatte völlig verkrampfte Hände. Trodem zog deshalb eine Flasche aus seiner Jacke und reichte sie Libellius. Dieser griff gierig danach und nahm einen tiefen Schluck.

„Wollen Sie sich erst einmal ein bisschen aufwärmen und erholen, Karlus?", fragte der Mineralienlehrer mitfühlend.

„Die Heizung war ausgefallen. Keine Ahnung, wie das passieren konnte."

Karlus Libellius seufzte. Dann stellte er seinen mitgereisten Passagier vor:

Das ist Erwin Varus von der MSA, Magische Sicherheitsagentur. Außer den beiden Schülern nehmen wir ja auch noch die zwölf gefangenen Söldner mit nach Cerninia."

„Was", entfuhr es Florian entgeistert. Auf keinen Fall wollte er noch einmal einem dieser Söldner begegnen, die die Enklave Altdrachenstein überfallen hatten. Es war schon schlimm genug, dass die beiden Anführer von Galgenberg und Lemort hatten entkommen können. Auch Fanina schaute den Piloten entsetzt an. Doch nun mischte sich der Sicherheitsbeamte ein.

„Kein Grund zur Besorgnis! Die Gefangenen setzen wir vor dem Flug unter einen Schlaffluch, der sich durch nichts entschärfen lässt. Außerdem sind die

Flugroute und unsere Ankunftszeit streng geheim. Ihr seht: Es kann absolut nichts passieren!"

Florian entspannte sich etwas, aber Fanina murmelte vor sich hin: „Das ist doch Unsinn!" Der Sicherheitsbeamte schnappte die Worte auf, doch sein Lächeln erstarb nicht, sondern verstärkte sich sogar noch:

„Du bist noch zu jung, um die Situation beurteilen zu können."

Da näherte sich langsam ein geschlossener Pferdewagen, der von sechs Reitern eskortiert wurde. In Altdrachenstein gab es keine Autos.

„Die Gefangenen", sagte Varus. Und tatsächlich entstiegen die wichtigsten und gefährlichsten Söldner dem Pferdewagen: die Ringer-Brüder und die Hillinger-Brüder. Aus Sicherheitsgründen hatte man ihre Fußgelenke aneinander gekettet.

„Ohne Zauberstäbe müssten sie doch eigentlich ungefährlich sein", murmelte Florian. Sein eigener Zauberstab steckte in seinem Ärmel. Doch Fanina sah ihn nur kopfschüttelnd an.

„Als Erste besteigen die Gefangenen das Flugzeug durch den Hintereingang", ordnete Varus an.

Libellius ließ ihn gewähren. An der hinteren Einstiegsluke erhielten die Söldner von Varus einen kleinen Becher mit einem Getränk, das einige zunächst nicht trinken wollten. Doch als der Sicherheitsbeamte seinen Zauberstab auf die Betreffenden richtete, kippten alle den Inhalt des Bechers widerspruchslos hinunter. Danach fingen sie an zu gähnen, deshalb schob man sie rasch ins Innere des Flugzeugs. Varus schloss die hintere Tür und kam dann lächelnd zum Piloten und den anderen zurück.

„Das war's. Wir können starten."

„Und wenn nun doch einer von den Burschen seinen Zauberstab irgendwo versteckt hat?", erwog Direktor Drachennot skeptisch.

„Selbst wenn", entgegnete Varus gelassen. „Das Cockpit ist mit einer Aluminiumtür gesichert, durch die niemand hinein kann. Ich habe den Schlüssel und der Fluch, der sie zusätzlich schützt, ist nur mir bekannt ist."

Wieder lächelte der Sicherheitsbeamte.

„Dann nichts wie los", sagte Libellius. „Bis zum nächsten Mal. Ihr beide sitzt mit im Cockpit, direkt hinter uns."

Er deutete auf Florian und Fanina. Die beiden Jugendlichen folgten den beiden Erwachsenen und stiegen hinter ihnen durch die vordere kleine Luke. Während Florian unschlüssig auf den, ihm vom Piloten zugewiesenen winzigen Platz blickte, betrachtete Fanina neugierig die Instrumente vor dem Pilotensitz.

Da gab es Irrlichtmonitore, auf denen drei Froschoberkörper in Rückansicht zu sehen waren, die Ohrhörer trugen. Daneben weitere Hebel und Knöpfe: Motor 1 und 2, Gas 1 und 2, Landeklappen, Querruder, Höhenruder manuell und automatisch, Starter 1 und 2, Bremsen und Landelichter. Außerdem fiel ihr der dicke Steuerknüppel auf. Außer Faninas und Florians Plätzen hinter dem Piloten befanden sich zwei weitere schmale Sitze auf der anderen Seite der Kabine hinter dem Kopiloten. Florian packte seinen großen Rucksack auf einen dieser beiden Sitze und setzte sich dann neben Fanina.

Der Pilot holte aus einem kleinen Wandschrank zwei Decken und warf sie den beiden Schülern zu. Dann setzte er sich auf seinen Sitz und klopfte ein paar Mal auf einen Monitor. Erschrocken drehte sich einer der Frösche um und fragte unwillig:

„Sollen wir etwa schon wieder zurückfliegen?"

„Erraten", sagte Libellius unwirsch. „Und zwar sofort, wenn du nichts dagegen hast. Also worauf wartet ihr noch?!"

Ein Quaken war die Antwort. Für Florian und Fanina war es allerdings unmöglich, dies als Zustimmung oder Ablehnung zu deuten. Die Bedeutung wurde ihnen erst klar, als die Frösche ein ausgiebiges Konzert anstimmten, das dazu führte, dass die Motoren ansprangen. Der Pilot gab Gas und die Maschine rollte zum Ende der Weide. Dort wendete sie, die Motoren drehten nun rasant auf. Dann löste Libellius die Bremsen und das Fahrzeug wurde schneller und schneller. Als sie die Hälfte der Wiese, die als Startbahn diente, erreicht hatten, quakten sich der mittlere und rechte Frosch plötzlich empört gegenseitig an. Der rechte Motor drehte daraufhin langsamer.

„Sofort aufhören! Was soll denn das!"

Libellius trommelte ärgerlich mit den Fäusten auf die beiden Monitore vor sich. Diese fingen an zu flimmern und wurden schließlich schwarz. Fluchend betätigte er einen Schalter, drückte dann zwei weitere Hebel nach vorn. Der Motorenlärm nahm bis zur Schmerzgrenze zu. Dann zog er an dem Knüppel vor sich. Die Maschine hatte fast das Ende der Wiese erreicht, als sie im letzten Moment abhob.

„Kein Verlass auf diese Softwerker", schimpfte Libellius.

In etwa fünfhundert Meter Höhe wurde der Irrlichtmonitor plötzlich wieder hell und die Frösche tauchten auf.

„Ich habe den Streit geschlichtet", sagte der mittlere Frosch zum Piloten und strahlte ihn an. „Wir können wieder übernehmen."

„Das war das letzte Mal, Argus. Du musst deine Trottel besser unter Kontrolle haben."

„Wir sind keine Trottel", bemerkte der rechte Frosch beleidigt.

„Ach, halt die Klappe!", fuhr ihn Libellius an. „Ihr könnt übernehmen."

Der Pilot schaltete auf Automatik, lehnte sich in seinem Sitz zurück und legte die Füße hoch.

„Ich mach jetzt erstmal ein Nickerchen. Weck mich auf, wenn was passiert, aber nur, wenn es wirklich ernst ist, Erwin."

Varus nickte lächelnd.

„Du solltest wirklich mal darüber nachdenken, ob du die ganze Froschbande nicht doch entlässt und dir neue Frösche besorgst."

„Hab ich schon drüber nachgedacht, aber meistens tun sie ja, was sie sollen. Außerdem hänge ich mittlerweile an ihnen. Und wenn ich sie wieder freilasse, wer weiß, ob sie sich dann noch in der wilden Natur zurechtfinden," meinte der Pilot gähnend.

„Man muss sich auf diese Typen verlassen können. Sonst kannst du auch ein leckeres Froschragout aus ihnen machen, Karlus", widersprach der Sicherheitsbeamte.

„Es hat sechs Monate gedauert, sie zu dressieren", erwiderte der Pilot müde. „Und außerdem ist mir Argus mittlerweile so richtig ans Herz gewachsen, auch wenn er manchmal nervt. Aber ohne ihn geht es nun mal nicht."

Varus machte eine Geste, als ob er jemandem den Hals umdrehen würde und lächelte den Piloten an: „Falls du deine Meinung änderst, könnte ich das übernehmen."

Fanina hatte das Gespräch beobachtet und schüttelte nun entsetzt den Kopf. Gleichzeitig ließ sie der Gedanke an die Söldner im hinteren Teil der Maschine nicht los. Deshalb ging sie nun zu ihrem Rucksack und holte einen weiteren Zauberstab hervor. Dann kehrte sie zu Florian zurück, legte sich die Decke um und lehnte ihren Kopf an seine Schulter.

„Während des Fluges müssen alle Passagiere angeschnallt bleiben", tadelte der Sicherheitsbeamte, der die Elfin beobachtet hatte.

„Ach, lass sie doch. Kann doch nichts passieren. Wir haben ein Frosch-Flug-Stabilisierungssystem, das absolut zuverlässig ist", beruhigte ihn Libellius.

Nach ein paar Minuten durchstieß das Flugzeug die Wolkendecke und die Sonne strahlte durch die kleinen Fenster ins Cockpit. Florian hatte sich wie Fanina in die Decke gehüllt und gähnte. Als er Durst bekam, blickte er zu seinem Rucksack, in den er eine kleine Trinkwasserflasche gepackt hatte. Da bewegte sich der Rucksack plötzlich. Ob das Flugzeug so sehr vibrierte? Oder hatte er sich getäuscht? Florian rieb sich die Augen.

Doch nun öffnete sich langsam der Reißverschluss und ein goldbrauner Eulenkopf kam zum Vorschein.

Das kann nicht sein!, dachte Florian. Utalon, sein großer, goldener Drache, hatte sich in eine Eule verwandelt und war heimlich in seinen Rucksack gekrochen. Dabei hatte sie gestern noch darauf bestanden, in Altdrachenstein zu bleiben. Wütend blickte Florian sie an. Doch Utalon hielt die kleine Trinkwasserflasche im Schnabel und blickte ihn fröhlich an. Das Drachenmädchen hatte gespürt, dass er Durst hatte.

Langsam schälte sie sich ganz aus dem Rucksack. Dann flog sie mit zwei kräftigen Flügelschlägen hinüber zu Florian, landete auf seiner Schulter und hielt ihm die kleine Wasserflasche hin. Der Junge ergriff sie, schraubte sie auf und nahm einen tiefen Schluck. Er stellte fest, dass auch Fanina begeistert strahlte. „Danke", sagte er zur Eule. Utalon fühlte Florians Fragen, deshalb summte sie rasch:

„Ich wollte eigentlich nicht mitkommen, aber Sülaton hat mich überredet. Sie meinte, dass dir sonst etwas zustoßen könnte."

Sülaton war Utalons alte Drachengroßmutter.

„Aber wir hatten doch abgemacht, dass ich ohne dich reise", sagte Florian.

„Ich weiß", summte die Eule. „Aber gestern kam dann auch noch Direktor Drachennot zu mir und bestand darauf, dass ich in deinem Rucksack mitfliege."

Florian schaute zu Fanina, doch sie zuckte mit den Schultern, zog die Augenbrauen hoch und schüttelte den Kopf. Offensichtlich war sie genauso ahnungslos wie er.

~~~

Der Flug verlief ruhig, nach fast drei Stunden ertönte ein zaghaftes „Quak Quak Quak" aus den beiden Lautsprechern über den Monitoren. Varus stieß Libellius an.

„Sind wir schon da?", fragte der gähnend.

„Wir durchstoßen gerade den Eingang des Wolkentunnels zur Enklave", meldete der mittlere Frosch.

„Gut, Argus", sagte der Pilot und blickte in die weiße Wolkenwand vor sich, als ob er dort die Begrenzungspfähle einer verborgenen Landebahn erkennen würde. Das Flugzeug verschwand im weißen Nebel und flog zwei Kurven. Plötzlich war ein großer See unter ihnen zu erkennen und in der Ferne tauchten die Konturen einer bergigen Landschaft auf.

„Auf fünfhundert Meter runtergehen", befahl der Pilot dem Frosch im linken Monitor, was dieser mit einem „Quak" beantwortete. Das Flugzeug sank langsam tiefer.

Plötzlich erschütterte ein Ruck die ganze Maschine. Fanina, die sich nicht angeschnallt hatte, fiel von ihrem Sitz. Sie schlitterte über den Boden gegen den Pilotensitz, an dem sie krampfhaft versuchte sich festzuhalten.

„Was war das? Habt ihr etwa das Stabilisierungssystem ausgeschaltet?", fragte Libellius genervt und blickte wütend auf die Irrlichtmonitore.

„Nein, Chef. Die Stabilisierung ist an", beteuerte Argus, der mittlere Frosch.

In diesem Moment begann das Flugzeug, unkontrolliert hin und her zu schleudern. Der Pilot prüfte die Daten auf den Irrlichtmonitoren, dann befahl er:

„Landeklappen ausfahren! Wir werden zu langsam. Was ist mit den Motoren? Stimmt die Drehzahl?"

„Die ist in Ordnung, Chef."

„Und die Sensoren, was sagen die?"

„Alle Temperaturen sind im grünen Bereich. Auch die Gravitationssensoren zeigen akzeptable Werte, nur der im Heck spinnt", meinte der Frosch.

„Umschalten des zweiten Irrlichtmonitors auf das Heck! Vielleicht ist es beschädigt", befahl Libellius.

Der Monitor wurde kurz schwarz, dann zeigte er einen dicken Vogel, der auf dem Flugzeugheck saß und mit drei grässlich langen Schnäbeln auf den Rumpf einhackte.

„Was ist das denn für ein Monster?", fragte der Sicherheitsbeamte.

„Keine Ahnung. Wo kommt das Biest bloß her?", murmelte der Pilot bestürzt.

„Eine dreiköpfige Riesenkrähe", schrie Florian.

Die Erinnerung an jene Nacht vor ein paar Monaten holte ihn ein, als ein solches Monster ihn und seine Freunde Torben und Alexander im Schlafsaal der Burg Altdrachenstein überfallen und fast getötet hätte. Doch dieses Exemplar war noch wesentlich größer.

„Das Biest reißt die Nieten aus dem Rumpf, die das Heck mit dem Hauptteil verbinden", stellte Libellius entsetzt fest.

„Keine Angst, wir sind nicht unvorbereitet. Ich habe eine Super-Schlaffluch-Zypresse dabei", sagte Varus, schnallte sich ab und ging zu einer kleinen Luke an der Aluminiumwand zum Frachtraum.

Er öffnete sie und zog einen langen Pfahl hervor, der Ähnlichkeit mit einem riesigen Zauberstab hatte. Damit stieg er die Leiter hinauf zu einer weiteren Luke auf der Oberseite des Cockpits. Diese öffnete er, schob den Zypressenpfahl hinaus und zielte auf die Riesenkrähe. In diesem Moment gab es ein zischendes Geräusch gefolgt von einem hellen Lichtblitz, der durch die geöffnete Luke das Innere des Flugzeugs für ein paar Sekunden erleuchtete. Dann fiel der Sicherheitsbeamte von der Leiter und knallte auf den Cockpitboden. Seine Hände hielten verkrampft den verkohlten Stummel des riesigen Zypressenpfahls. Er ließ das Holzstück fallen und robbte zur Leiter, die zur seitlichen Einstiegsluke führte.

„... keine Chance ... das Biest is mit 'nem Spiegelfluch geschützt ... müssen fliehen", röchelte Varus. Er öffnete den seitlichen Ausstieg. Die Tür der Luke flog weg und er selbst kurz darauf auch. Florian sah durch das kleine Cockpitfenster, wie sich draußen sein Fallschirm öffnete.

Nur eine Sekunde später ging eine Klappe auf dem Pilotenpult auf, die mit dem Schriftzug „Super-USB-IO" versehen war. Sechs Frösche stürmten hinaus, auf den Rücken kleine Rucksäckchen, und hüpften nun ebenfalls in Windeseile zur Einstiegsluke.

„Ihr könnt jetzt nicht einfach verschwinden", schimpfte Libellius aufgebracht.

„Doch", sagte Argus. „Das ist ein lebensgefährlicher Notfall. Nach der magischen zentraleuropäischen Sicherheitsvorschrift für Magier steht das Leben der Besatzungsmitglieder an oberster Stelle."

„Ihr gehört aber nicht zur Besatzung!", schrie der Pilot.

„Ab jetzt schon", sagte der Frosch und sprang seinen Kollegen hinterher.

„Noch ist nichts verloren", sagte Libellius kopfschüttelnd.

Er öffnete eine Luke in der Seitenwand und holte ein uraltes Maschinengewehr heraus. Damit stieg er die Leiter empor, wie schon der Sicherheitsbeamte kurz zuvor, schob die Waffe durch die Öffnung und begann auf irgendetwas zu ballern. Im nächsten Moment stürzte auch er herunter, während der klägliche Rest seines Maschinengewehrs neben ihm aufschlug. Daraufhin kroch auch er zur Einstiegsluke zurück und verließ das Flugzeug mit den Worten: „Die Fallschirme sind im Laderaum."

Die beiden Jugendlichen hatten das Geschehen fassungslos beobachtet. Florian zitterte am ganzen Körper, als er sich nun abschnallte und zu Fanina hinüber kroch.

„Was sollen wir machen? Wie kommen wir an die Fallschirme?", fragte er.

Aber auch Fanina wusste keinen Rat und schaute ihn nur ängstlich an. Florian kletterte auf die Leiter und sah durch das Loch, das früher die Einstiegsluke gewesen war, weit unten in der Tiefe die Wasseroberfläche des Sees glitzern. Sie war immer noch ein paar Hundert Meter entfernt, und doch sah sie aus wie Granit. Er spürte seinen Zauberstab. Wie mochte der Zauberspruch für das Erschaffen eines Fallschirms wohl lauten?, dachte er. Er wusste es nicht und hatte mit einem Mal entsetzliche Angst.

3
Ankunft in Cerninia

In Faninas Gesicht sah Florian entsetzliche Angst, doch sie hatte immerhin eine Idee.

„Es gibt noch eine Möglichkeit, aber ich habe sie noch nie ausprobiert: Man kann einen Zauberstab in einen Besen verwandeln und damit fliegen."

Sie zog ihren Zauberstab und sprach laut: *„Fulggands wahsjan!"*

Im nächsten Moment hatte sie einen Besen in der Hand, in der sie eben noch ihren Zauberstab gehalten hatte. Sie setzte sich darauf und schrie Florian zu: „Steig auf und halt dich an mir fest! Wir müssen es versuchen."

Ängstlich schaute Florian zu Utalon. Sie war zwar im Moment nur eine ziemlich kleine Eule, doch sie konnte sich in einen riesigen Drachen verwandeln. Vor ein paar Monaten hatte er schon einmal auf ihrem mächtigen Rücken gesessen und sie waren durch die Luft vor den Söldnern geflohen. Doch nun müsste er aus dem Flugzeug springen und hoffen, dass er irgendwie auf ihrem Rücken landete, überlegte er und verwarf den Gedanken.

„Wenn es nicht klappt, werde ich euch retten, Florian", summte die Eule.

Florian setzte sich hinter Fanina auf den Besenstiel und klammerte sich an ihr fest. Sie richtete den Stock auf die Einstiegsluke und rief *„Gands reidan framab!"* Sekundenbruchteile später rasten die beiden tief geduckt aus dem Flugzeug. Draußen schossen ihnen die Brandflüche der Riesenkrähe um die Ohren. Fanina drehte mit dem Besen eine Rolle nach der anderen. Gleichzeitig ging es torkelnd schräg nach unten, die Wasseroberfläche kam immer näher. Dann wurden die Drehungen des Besens langsamer, er schien sich zu stabilisieren. Sie glitten nun ein paar Meter über dem Wasser entlang. Florian atmete tief durch, dann drehte er sich vorsichtig um und blickte über die Schulter zurück nach hinten. Die Krähe rauschte hinter ihnen her. Dahinter war das Flugzeug ein dunkler Punkt am Himmel, aus dem weitere, noch kleinere Punkte purzelten. Bei genauem Hinsehen erkannte der Junge, dass sich ein Fallschirm nach dem anderen in der Luft öffnete. Die Gefangenen hatten sich offensichtlich befreien können. Utalon sah Florian dagegen nicht.

Das Geräusch von wildem Flügelschlagen ließ ihn aufhorchen. Die Krähe hatte sie fast erreicht.

„Schneller Fanina, die Riesenkrähe sitzt uns im Genick", schrie Florian.

Die Elfin richtete den Besen auf, murmelte etwas Unverständliches und sie wurden wieder schneller. Gerade, als sie eine Kurve in Richtung auf ein Waldstück flog, rauschte erneut ein Brandfluch an ihnen vorbei. Florian blickte nach hinten. Die Krähe war noch ein Stück näher gekommen. Da traf einen der drei Krähenköpfe ein helles Licht und er zerplatzte. Utalon raste über die Krähe hinweg, die sich nun dem Drachen zuwandte. Nun endlich ließ sie von Florian und Fanina ab und versuchte, Utalon zu folgen. Diese gewann rascher an Höhe als die Krähe und stürzte sich immer wieder auf das Monster und jedes Mal gelang es ihr, einen seiner Köpfe zu verbrennen. Doch jedes

Mal wuchs in wenigen Sekunden ein neuer Kopf zu voller Größe und Gefährlichkeit heran.

Florian und Fanina hatten den Kampf atemlos verfolgt. Nun zögerten sie nicht lange und nutzten das Kampfgetümmel, um zu entkommen. Kurz darauf landeten sie mit ihrem Besen unterhalb der Achttürme-Zitadelle auf einem wunderschönen Wanderpfad am großen Cerninia-See. In der Ferne konnten sie schon die Dächer einiger Häuser erkennen. Beide waren heilfroh, dass sie vor der Krähe flüchten konnten, doch sie sorgten sich auch um Utalon.

Immer wieder suchten sie den Himmel nach dem Drachenmädchen ab. Endlich entdeckten sie einen kleinen Punkt weit oben am Himmel. Rasch wurde er größer und dann erkannten sie den Drachen mit seinen breiten Flügeln. Utalon raste direkt auf sie zu und kam erst auf den letzten Metern zum Stillstand. Eine Windböe fegte Fanina das Haar aus der Stirn und rauschte durch die Kleider der beiden. Dann landete der Drache neben ihnen und erforschte den Himmel, doch das Blau über ihnen blieb unberührt.

„Ich hab die Krähe in eine Gewitterwolke gelockt. Wer weiß, ob sie da wieder herausfindet. Ich war kurz davor, ihr den Garaus zu machen. Aber Sülaton gab mir den Rat, dass ich mich niemals näher als fünfzig Meter an eine solche Riesenkrähe heranwagen sollte. Wenn einen der Brandfluch von so einem Biest trifft …"

Utalons Atem ging immer noch schnell und rasselnd.

Florian war sehr erleichtert über das Wiedersehen mit Utalon, doch nun überlegte er, wie es weitergehen sollte. Sie kann nicht mit uns kommen, dachte er, denn eine zahme Eule als Reisebegleitung würde sofort das Misstrauen der Stadtbewohner von Cerninia wecken. Florian und Fanina tauschten Blicke aus und waren sich einig: Beide waren zwar sehr neugierig, was sie wohl in Cerninia erwarten würde. Immerhin war es die kulturelle Metropole der magischen Welt in Europa mit fast fünfzigtausend Einwohnern. Aber Utalon war wichtiger. Die Magier würden sie sofort ermorden, wenn sie herausfanden, dass sie ein Drachen war, denn Magier und Drachen waren normalerweise Todfeinde.

„Utalon, du kannst nicht mit uns in die Stadt gehen. Die Leute dort würden dich lynchen, sie mögen keine Drachen."

Utalon dachte angestrengt nach, dann grinste sie. Sie schloss die Augen und schien für einen Moment in der Luft zu schweben. Um den Körper des Drachen bildete sich eine grünliche Nebelwolke und plötzlich war er verschwunden. Stattdessen erschienen langsam im Dunst die Umrisse eines Mädchens mit einem robusten Körper und einem bezaubernden Gesicht, das eine blonde Lockenmähne umrahmte. Die grünen Augen blitzten Fanina und Florian herausfordernd an.

„Oh", entfuhr es Florian. Er machte einen kleinen Schritt zurück, als ob ihn jemand getreten hätte, und schluckte. Dieses Mädchen war aber auch verdammt hübsch, na gut, vielleicht nicht ganz so hübsch wie Fanina, aber hallo.

„Wie hast du … ?", stotterte der Junge.

„Das hat mir Sülaton beigebracht."

Utalon drehte sich zweimal um die eigene Achse und sah die beiden fragend an.

„Du siehst toll aus", sagte Fanina schließlich. „Alles vorhanden, womit du einem Jungen den Kopf verdrehen kannst."

Utalon machte vorsichtig ein paar Schritte auf die beiden zu, kam jedoch ins Stolpern und hing mit einem Mal in Florians Armen. Als sie sich aufrichtete, umarmte sie ihn fest, klimperte mit den Augen und fragte schmachtend:

„Ich wollte immer schon wissen, wie das mit dem Küssen ist."

Florian bekam bei dem Gedanken einen trockenen Mund, doch Utalon zögerte nicht lange. Entschlossen näherte sie ihren Mund dem seinen und küsste Florian intensiv. Als sie sich von ihm löste, hatte sie die Augen geschlossen. Sie atmete schnell und heißer Atem flutete plötzlich über Florians Gesicht. Instinktiv machte er einen Schritt zurück. Dann sprühten Funken aus Utalons Mund, denen eine kleine Rauchwolke folgte.

„Echt abgefahren", murmelte sie.

Florian verzog den Mund und schwieg. Es gefiel ihm nicht, dass Utalon so hübsch aussah und es gefiel ihm auch nicht, dass sie ihn geküsst hatte, obwohl der Kuss ihm gefallen hatte. Aber es war ein gestohlener Kuss, sie hatte ihn überfahren.

„Was hat er denn?", fragte Utalon.

„Er ist wahrscheinlich etwas von deinem Feuerkuss überrascht worden. Aber dass du in seinen Armen gelegen hast, das dürfte ihm gefallen haben", erklärte Fanina.

„Aber ich kann nichts dafür, dass ich ständig stolpere. Irgendwas ist mit der Muskulatur der Magier nicht in Ordnung. Und wenn ich aufgeregt bin, dann wird mein Atem von ganz allein feurig", murmelte Utalon. Es war eben schwer, als Drachenmädchen im Körper einer Magierin zu leben.

Auf dem Weg zur Stadt stolperte das Mädchen dann tatsächlich alle paar Meter und es lag offensichtlich nicht an ihren Schuhen.

~~~

Kurze Zeit später schien Florian den Schock über den ungewöhnlichen Kuss überwunden zu haben. Fasziniert schaute er zum Felsenberg hinauf, auf dem drei der acht Türme der berühmten Zitadelle von Cerninia zu sehen waren. Theodor Drachennot, der Direktor seiner Schule in der Enklave Altdrachenstein, hatte hier selbst seine gesamte Studienzeit verbracht. Über tausend Studenten aus der ganzen Welt kamen jährlich nach Cerninia, um sich auf die verschiedensten Berufe vorzubereiten.

Allein für das Sommerpraktikum hatten sich vierundsechzig Studenten aus allen europäischen Magier-Enklaven beworben und nur die Hälfte davon bekam dann tatsächlich einen Praktikantenplatz. Mehr Betreuer waren einfach nicht vorhanden.

Es gab – nach Drachennots Auskunft – zwei wichtige Gründe, warum diese Enklave lange vor allen anderen Enklaven eine Magier-Enklave wurde: Erstens waren Magier und Elfen zusammen als ein großer Volksstamm in die Enklave Cerninia gekommen. Sie hatten hier gemeinsam während der großen Pest vor über sechshundert Jahren Zuflucht gesucht. Erstaunlicherweise lebten damals keine Drachen in der Enklave, die das Leben der neuen Bewohner ernsthaft in Gefahr gebracht hätten. Das war der zweite Grund für den frühen Erfolg von Cerninia.

Erst als später einige Drachen Einzug in die Enklave hielten, kam es zu erbitterten Kämpfen zwischen Elfen und Magiern auf der einen Seite und den Drachen auf der anderen. Sie offenbarten die unterschiedlichen Kampfeigenschaften der Magier und Elfen. Zunächst waren die Elfen zwar die überlegenen magischen Kämpfer, zahlenmäßig jedoch in der Minderheit. Nachdem die Drachen besiegt worden waren, kam es deshalb zum Streit zwischen Magiern und Elfen, in deren Folge erneut Kämpfe ausbrachen, die die Magier letztlich mit überlegenen Festungsbauten für sich entschieden. Die Achttürme-Zitadelle konnte von den Elfen nie eingenommen werden. Aufgrund der knappen Nahrungsmittelvorräte in den von ihnen gehaltenen Höhlen und Tälern mussten die Elfen schließlich emigrieren und die Blütezeit der Magier-Enklave Cerninia begann.

~~~

Fanina, Utalon und Florian erreichten einen Bootsanleger mit Fischer- und Segelbooten. Reusenweg stand auf einem Schild über einer engen Kopfsteinpflasterstraße. Einige Fischernetze hingen an Pfählen und es stank nach Fisch. Florian hatte seinen Rucksack beim Flugzeugabsturz verloren. Doch seine Umhängetasche mit dem Stadtplan, dem Geld und einigen Kleinigkeiten hatte er glücklicherweise retten können.

Torben, ein Klassenkamerad von Florian an der Schule Altdrachenstein, war schon vor zwei Wochen nach Cerninia gefahren, um zwei Zimmer zu mieten. Eines für sich und Florian und eines für Fanina. Ob das Zimmer wohl auch groß genug für zwei Mädchen war?

Kurz darauf standen die drei vor der Pension, ein uraltes Haus mit zweieinhalb Stockwerken. Florian zog die Glocke und eine alte Frau öffnete die Tür. Sie strahlte die drei an und sagte voller Herzlichkeit.

„Ach, grüß Gott. Das ist aber schön, dass ihr endlich da seid. Willkommen! Du musst der Florian sein. Und wer von euch beiden Mädels ist denn nun die Fanina? Kommt doch rein. Kommt doch rein."

Zehn Minuten später saßen sie zu fünft in der großen Küche der alten Frau: Florian und die beiden Mädchen, sein Freund Torben und Frau Eschelbach. Frau Eschelbach erzählte von ihrer Pension, in der schon Direktor Drachennot gewohnt hatte, als er hier studiert hatte. Damals hatte noch Frau Eschelbachs Mutter die Pension geleitet. Außer mit der Vermietung von Zimmern versuchte die alte Dame ihre Einkünfte mit der Herstellung von kleinen Holzfiguren aufzubessern. Der Verkaufsschlager war eine alte, lächelnde, schwarze Hexe, die auf einem Besen flog.

Während Frau Eschelbach erzählte, schaute Torben immer wieder fasziniert und neugierig zu Utalon. Fragend sah er Florian an, doch der zuckte nur entschuldigend die Achseln. Irgendwann kam die Hausbesitzerin auf Utalon zu sprechen:

„Der Torben hat ja gar nicht erzählt, dass noch ein zweites Mädchen kommt."

„Wir haben erst heute Morgen erfahren, dass Utalon mit nach Cerninia reisen sollte. Sie kommt aus dem Kristalltal und ihr magisches Talent ist Direktor Drachennot erst vor Kurzem aufgefallen." Torben schüttelte andeutungsweise den Kopf und seufzte über Florians Unsinn.

„Da schau her", sagte Frau Eschelbach. „Leider wollen nächste Woche zwei ältere Jungen kommen, die in den Semesterferien in Spanien waren. Ich weiß nicht, ob es zu zweit in dem kleinen Zimmer geht. Am besten schaut ihr es euch erst einmal an. Ich komme gleich nach."

„Ich kann auch mit Fanina in einem Bett schlafen, wenn sie einverstanden ist", sagte Utalon und schaute Florian schelmisch an. „Ich hab schon mit Siragon einen Schlafplatz geteilt, das war echt gemütlich."

Auch Fanina schien nichts dagegen zu haben, denn sie sagte:

„Auch wir Elfen schlafen manchmal dicht aneinander gekuschelt in einem Bett oder auf einem breiten Bärenfell. Das macht uns nichts aus."

Sie gingen nach oben und schauten sich das kleine Zimmer an. Utalon und Fanina waren begeistert von seinem Charme. Vor allem bot der winzige Holzbalkon einen wunderschönen Blick auf den See. Die Wirtin hatte nichts dagegen, dass die beiden Mädchen in dem Zimmer bleiben wollten, beharrte jedoch darauf, dass sie sich noch eine zweite Matratze für die Nacht vom Dachboden herunterholen sollten. Schließlich ließ sie die vier Jugendlichen allein. Kaum war sie verschwunden, fragte Torben:

„Wer bist du? Utalon ist ein Drache und kein Mädchen."

„Ich bin Utalon, Florians goldener Drache", sagte das blonde Mädchen. Florian nickte dazu, während Fanina murmelte: „Dann bin ich nicht so allein unter all den Magiern."

Utalon beugte sich grinsend zu Torben hinüber und küsste ihn auf die Wange. Diesmal spie sie einen kleinen Feuerstrahl aus und eine Rauchwolke zog davon. Der Junge rückte erschrocken von ihr ab. Florian prustete. Aufgebracht sagte Torben:

„Seid ihr verrückt? Die Einwohner von Cerninia bringen uns um, wenn sie erfahren, dass Utalon in Wirklichkeit ein Drache ist. Wer hat sich denn das ausgedacht?"

Florian erzählte ihm den Rest: von Drachennots und Sülatons Entschluss, dass Utalon Fanina und ihn begleiten sollte und dass ihnen diese Entscheidung das Leben gerettet hatte, denn sonst hätte die Krähe sie bestimmt abgemurkst. Nun war Torben betroffen.

„Mein Cousin Tobias Kwantentorf hat mir zwar gesagt, dass die Enklave eine Schlangengrube voller Intriganten und Geheimbünde sei, aber ich hab ihm nicht geglaubt. Na, das kann ja noch heiter werden."

Düster schaute er vor sich auf den Boden. Florian konnte nur nicken. Es war sehr schlimm, dass dieses blöde Ding namens Flugzeug von dieser Krähe vom Himmel geholt worden war. Das zeigte, dass es jemanden gab, der wirklich außerordentlich ärgerlich war. Was würde wohl erst Schreckliches passieren, wenn nicht nur ein Unbekannter, sondern all die Leute hier unfreundliche Absichten gegen ihn hegen würden? Es war ja immerhin offensichtlich, dass zumindest einige nicht sehr begeistert davon waren, dass plötzlich eine Elfe an der Zitadelle unterrichtet wurde. Florian musste sich damit zufrieden geben. Immerhin hatte Sülaton offensichtlich klug gehandelt, denn ohne Utalons Hilfe wären sie nicht ungeschoren davongekommen. Ob die alte Drachengroßmutter wohl mit dem Angriff gerechnet hatte? Leider konnte er sie nicht fragen.

„Sie bieten uns äußerst begehrte Praktikumsplätze an! Was wollen die Magier von Cerninia wohl von uns?", überlegte Torben. Dann deutete er auf Florian und Fanina. „Vielleicht sollt ihr eine Höhle finden, in der eine Waffe von ungeheurer Mächtigkeit oder ein gefährliches Wesen schlummert."

„Oder eine verborgene Elfenenklave", vermutete Fanina. „Eine, die einige Magier nicht öffnen wollen, weil sie wissen, dass von dort großes Unheil droht."

„Oder eine Drachenhöhle, in der ein uralter, mächtiger Drache schlummert, den niemand ans Tageslicht lassen möchte, weil er unübertroffene magische Fähigkeiten hat", schlug Utalon vor.

„Oder ein Schatz, mit dem einer der Magier sich die gesamte Enklave unterwerfen will", erwog Florian.

„Wie auch immer", meinte Torben. Ihr seid nun hier und morgen früh um neun ist Prüfung fürs Praktikum. Wenn ihr wieder nach Hause wollt, dann könnt ihr sie ja versauen, aber mein Fall ist das nicht. Die Pension bei Frau Eschelbach ist ein Traum. Hier gibt's Duschen und echte Wasserklos, keine Plumpsdinger wie in Altdrachenstein. Ich bekomme jeden Morgen ein leckeres Frühstücksbuffet und am Abend ein tolles Abendbrot und dann mittags auch noch ein richtiges Mittagessen in der Zitadelle, ganz ohne Betteln beim Koch Schwarzer wie in Altdrachenstein, der ewig herumnörgelt."

Florian konnte das gut nachvollziehen. Bald darauf zog er sich mit Torben in das andere Zimmer zurück und bereitete sich mit ihm auf die Prüfung am nächsten Tag vor.

4
Die Aufnahmeprüfung

Am nächsten Morgen wachte Florian davon auf, dass
Torben an seinem Arm rüttelte. Müde klappten seine
Augen auf und er blickte auf den Wecker neben dem
Bett. Eine Minute nach sechs.

„Was is'n los?", fragte er ungehalten. Um sechs Uhr
früh war er nicht zu gebrauchen.

„Heute ist die Prüfung. Ich hab unser Frühstück für
halb sieben bestellt. Früh aufstehen ist Gold wert, ich
mach draußen 'ne Viertelstunde Gymnastik. Kommst
du mit?"

Florian schaute Torben an, als ob der bescheuert
wäre. In Altdrachenstein hatte sein Freund
Sportunterricht immer gehasst und sich bei jeder
Gelegenheit davor gedrückt.

„Ich komm gleich nach", sagte er schließlich und
drehte sich im Bett um. Er hörte noch, wie die Tür
zufiel, dann war Torben weg.

Kurz darauf wurde wieder an seinem Arm
gerüttelt. Als er sich umdrehte, sah er den Zeiger des
Weckers auf halb sieben stehen. Na ja, vielleicht war es
ja richtig, etwas früher aufzustehen, obwohl sie
höchstens eine Viertelstunde bis nach oben zur
Zitadelle brauchten. Zehn Minuten später erschien
Florian im Frühstücksraum, in dem Fanina und
Torben schon am Frühstückstisch saßen. Utalon stand
unschlüssig vor dem Buffet und konnte sich nicht
entscheiden.

„Was ist das?", fragte sie und blickte zu Torben. Dabei deutete sie auf die Marmelandenschüsseln, den Käse und das Müsli.

„Das ist für Vegetarier", sagte Torben.

Florian erklärte es ihr genauer und füllte sich selbst etwas Müsli in eine Schüssel. Dann goss er etwas Milch darüber. Utalon nahm nun auch Müsli mit Milch. Kaum hatten sich die beiden hingesetzt, kam Frau Eschelbach ins Zimmer und brachte zwei Kannen mit Tee.

„Guten Morgen", sagte sie strahlend, „hier sind Hagebuttentee und schwarzer Tee." Dann wandte sie sich zur Tür.

„Gibt es auch Fleischtee?", fragte Utalon nun schüchtern.

Erstaunt drehte sich die Wirtin um und fragte: „Was für ein Tee?"

„Sie meint Weißdorntee. Der heißt bei uns in Norddeutschland Fleischtee", log Torben schnell und blickte Utalon eindringlich an.

Die Wirtin runzelte die Stirn.

„Nein, so was Ausgefallenes habe ich nicht. Ich kann aber mal auf dem Markt fragen, ob ich das da bekomme."

Eine Dreiviertelstunde später machten sich die Jugendlichen auf den Weg zur Zitadelle. Utalon war noch satt geworden, denn Fanina hatte ihr ihre Wurstscheiben überlassen und auch Florian hatte zu ihren Gunsten verzichtet. Dann hatte Utalon an dem Käse gerochen und auch diesen voller Begeisterung gegessen. Zu guter Letzt hatte sie gierig zu Torbens Käse hinüber geschielt, der sich unschlüssig hinter seinem Marmeladenbrötchen versteckte.

„Bevor ich es vergesse", hatte er dann gesagt, um das Drachenmädchen von seinem Käse abzulenken, „ich soll euch von Drachennot noch etwas für die Prüfung geben. Er hat mir ein Päckchen mit drei Griffeltaschen geschickt."

Als sie jetzt vor dem Haus von Frau Eschelbach standen, übergab er ihnen drei kleine, lederne Taschen, auf denen die Namen von Torben, Florian und Fanina standen.

„Es ist seltsam, dass in jeder Griffeltasche nur jeweils drei Dinge sind: ein Füller, ein Bleistift und ein Radiergummi. Ich hab die Sachen ausprobiert und nichts davon funktioniert."

Mit einem Mal bildete sich eine grünliche Nebelwolke in Utalons Hand und sie hielt genauso eine geheimnisvolle Griffeltasche in ihrer Hand.

„Das hat mir gestern früh Sülaton mitgegeben, bevor ich zur Burg Altdrachenstein geflogen bin und mich in Florians Rucksack versteckt habe."

Florian hatte schon die Kappe von seinem Füller abgeschraubt und versuchte nun, etwas in sein Heft zu schreiben. Vergeblich!

Nachdenklich gingen sie den Weg hinauf zur Zitadelle, um die Prüfung für das Praktikum zu absolvieren. Zusammen mit Hunderten anderer Studenten gelangten die vier an eine heruntergelassene Zugbrücke aus dicken Bohlen, von der jedoch die Ketten längst entfernt worden waren. Auch der Graben vor der Zitadelle war nicht sonderlich tief. Doch die dahinter liegende fast zwanzig Meter hohe Mauer ließ erahnen, wie schwer es gewesen sein musste, diese Burganlage in früherer Zeit einzunehmen, auch wenn mittlerweile Fenster in die Mauern eingelassen worden waren. Hinter der Zugbrücke mussten sie einen fast fünfzig Meter langen Tunnel mit massiven Steinwänden durchqueren. Metergroße Granitquader zeugten von der Festigkeit dieses Gebäudes. Am Ende des Tunnels befand sich ein achteckiger Burghof von fast zweihundert Metern Durchmesser. Ein Kopfsteinpflaster mit seltsam verschlungenen Girlanden zierte den Boden. In der Mitte des Hofes gab es ein kreisrundes Becken, in das ein achtköpfiger Löwe Wasser spie. Was für ein toller Springbrunnen, dachte Florian begeistert.

„Die acht Säulen der Weisheit des Lebens", las er.

Utalon setzte sich auf eine Steinbank am Rand des Beckens. Sie schöpfte mit der Hand Wasser aus dem Becken und probierte es. Verzückt schloss sie die Augen.

„Das Wasser ist voller Magie", summte sie und Funken stoben aus ihrem Mund.

Florian sprang schnell an sie heran und hielt ihr eine Hand vor den Mund, Torben und Fanina stellten sich vor die beiden. Zum Glück schien keiner der vorbeiströmenden Studenten die vier wahrzunehmen. Ein Blick in die Runde zeigte ihnen, dass die Zitadelle aus acht dreistöckigen Gebäuden bestand, von denen jedes einen eigenen Eingang hatte. Über jedem der breiten Eingänge prangte eine große Nummer von eins bis acht. Unter der Eins gab es vier Schilder: Rezeption, Mensa, Cafeteria, Verwaltung und Bibliotheken. Sie machten sich auf den Weg zur Rezeption.

„Sommerstudenten an der Rezeption melden" stand auf einem großen, weißen Schild neben dem Eingang. Die Freunde traten ein. Hinter der Theke, auf der ein weiteres Schild mit dem Wort „Rezeption" die Besucher über die Funktion dieses Büros aufklärte, saßen zwei ältere Frauen. Torben steuerte zielsicher auf die Theke zu und sagte: „Wir sind ..."

„Ihre Legitimation, bitte", unterbrach ihn eine der Frauen mit ausdruckslosem Gesicht. Sie trug auf ihrem Hemd ein Schild mit der Aufschrift „Frau Neugierna".

„Unsere was?", fragte Torben entgeistert.

„Sie sind doch Sommerstudenten. Dann haben Sie auch einen Radiergummi und der ist Ihre Legitimation. Die brauche ich, um Sie zu registrieren."

„Ach so", sagte Torben nun, als ob diese Erklärung das Logischste auf der Welt wäre. Er holte seine Griffeltasche aus seinem Rucksack, machte sie auf, holte den Radiergummi heraus und gab ihn der Frau. Die betrachtete ihn kritisch und bemängelte dann:

„Bitte tragen Sie noch Ihren Wohnort hier in Cerninia mit Ihrem Bleistift ein."

Die Frau gab Torben den Radiergummi zurück, damit er die Adresse von Frau Eschelbach drauf schreiben konnte. Nun lächelte die Sekretärin zufrieden, steckte den kleinen Gummiblock in einen Holzklotz und legte eine schimmernde Silberplatte darüber. Blaues Licht quoll durch das Silber und Florian dachte, dass es nach der Vollbremsung eines Autos roch. Tatsächlich stieg eine winzige, dunkle Wolke aus dem Holzklotz empor. Die Frau nahm die Platte wieder ab. Das Radiergummi war verschwunden. Stattdessen holte die Sekretärin ein kleines Holzplättchen aus dem Klotz hervor und und las:

„Torben Franzner. Internat Altdrachenstein. Fünfzehn Jahre. Wohnhaft in der Pensionsgasse 13 bei Frau Eschelbach. Ist das richtig?"

„Stimmt", sagte Torben nun lächelnd. „Vielen Dank."

Die Prozedur wiederholte sich bei den anderen drei Schülern. Dann sagte Frau Neugierna:

„Die Prüfung findet im Zitadellenoktant 3, zweiter Stock, Raum 201 statt. Die Oktantennummer steht oben über dem Oktanteneingang. Wir befinden uns im Oktant 1. Gezählt wird im Uhrzeigersinn."

Als die Freunde das Gebäude verließen, hatten sich die Steinbänke vor dem Wasserbecken mit den Wasserspeiern mit Studenten gefüllt. Die vier hatten jedoch keine Zeit für eine Pause und machten sich auf den Weg zum Prüfungsraum. Kurz vor neun Uhr saßen sie in der letzten von vier Reihen mit sechzehn Doppelpulten, an denen schon die anderen Prüfungskandidaten warteten. Auf den Pulten befanden sich ihre Namen. Dann stürmte ein untersetzter Mann in den Raum und eilte an die Tafel. „Dr. Pingeliger" schrieb er und stellte sich als ihr Prüfer vor. Er hatte eine kleine Mappe unter dem Arm, aus der die Prüfungsbögen nun auf seinen Befehl hin zu den Pulten flatterten. Danach gab er die Regeln bekannt: Abgabetermin 12 Uhr. Reden ist erlaubt, aber nur jeweils zu zweit an einem Doppelpult. Florian begann seine Prüfungsblätter zu lesen:

„Gegeben sei die Anzahl a an kleinen Kugeln mit dem Radius r1 und die Anzahl b an großen Kugeln mit dem Radius r2. Wie muss das Verhältnis der Radien zueinander gewählt werden, wenn das Volumenverhältnis der Kugeln zueinander ... "

Florian blickte hilfesuchend zu Torben. Der murmelte:

„Das krieg ich noch hin, aber die nächste Aufgabe ist Asche."

Den Text der zweiten Aufgabe las Florian nicht einmal bis zur Hälfte durch, dann war er schon bedient: Berechnung von Planetenbahnen und deren Abstände. Doch es wurde noch schlimmer: Schreibe einen geschichtlichen Abriss zum Thema „Die zwei Drachenkriege unter Galawan dem Siebten in der Enklave Altdrachenstein" unter Angabe von mindestens zwei Quellen mit 2450 Wörtern. Utalon schaute zu ihm hinüber und fragte in Gedanken: „Alles in Ordnung?" Florian schüttelte nur den Kopf. Da tippte das Drachenmädchen auf ihre Griffeltasche. Florian öffnete nun seine eigene und wollte den Kugelschreiber herausnehmen, den er noch zusätzlich mitgenommen hatte, als das Veto von Utalon durch seinen Kopf hallte: „Nicht den Kugelschreiber, der Füller ist besser."

In diesem Moment trat Dr Pingeliger, der seine Frustration offenbar bemerkt hatte, an sein Pult und versuchte, ihn zu motivieren.

„Es ist alles nicht sonderlich schwer. Der Lösungsansatz ist bei den mathematischen Aufgaben wichtiger als das genaue Ergebnis. Und wenn man bei dem Aufsatz ein paar Worte mehr schreibt, dann ist es auch nicht so tragisch."

Dann wanderte der Prüfer zum nächsten Opfer. Florian versuchte, sich mehr als 1000 Wörter zu Galawan dem Siebten vorzustellen, doch ihm fielen nicht einmal hundert ein. Nachdem Dr. Pingeliger weitergezogen war, schraubte er die Kappe vom Füller ab und überlegte, wie er den Satz „Galawan der Siebte ist ein großer Elfenkönig gewesen." auf mindestens fünfzig Wörter ausdehnen könnte. Dabei berührte er versehentlich mit der Spitze des Füllers das erste Doppelblatt Papier und ein dicker Tintenfleck breitete sich aus. Verflucht, dachte der Junge, kein Löschpapier. Doch nun bewegte sich der Fleck von ganz allein. Er kroch einmal um die Aufgabenstellung herum und zog dann eine Spur hinter sich her. Erstaunt sah Florian, dass Buchstaben entstanden. Nein, es waren sogar ganze Wörter, aus denen sich Sätze formten. Der Klecks wanderte hurtig übers ganze Papier von links nach rechts und schrieb eine eigene Geschichte zu dem Elfenkönig. Auch Fanina schaute jetzt gebannt auf Florians Papier und las statt zu schreiben. Da tauchte überraschend Dr. Pingeliger auf. Florian tat so, als ob er mit dem Füller schrieb. Erstaunlicherweise hatte sich der Klecks verkrochen, als ob er den Prüfer riechen könnte.

„Na, es wird doch", meinte Dr. Pingeliger erfreut, der nichts mitbekommen hatte. Dann ging er zu einem anderen Schüler.

Nun tippte Florian mit dem Füller das Papier vorsichtig an. Der Tintenklecks kroch aus seinem Versteck hervor und huschte erneut über Florians Prüfungsbögen. Da spürte der Junge einen Wutanfall in seinem Kopf. „Galawan der Siebte war ein großer Held, denn er tötete drei Drachen. Das ist nicht wahr, er war ein Mörder, ein MÖRDER! EIN GEMEINER MÖRDER!", schrie es in seinen Gedanken. Florian blickte auf zu Utalon und sprang von seinem Stuhl. Funken stoben aus dem Mund des blonden Mädchens und fielen auf ihren Prüfungsbogen. Er zerrte seine

Jacke von der Stuhllehne und stürzte auf Utalon zu. Doch bevor er sie erreichte, entzündete ein weiterer Funke das Papier. Er warf seine Jacke darauf und Utalon vom Stuhl. Auch Fanina war herbeigerannt. Ein Wasserstrahl aus ihrem Zauberstab traf nun Florians Jacke auf dem Tisch und flutete erst Utalons Pult und dann das Drachenmädchen auf dem Boden.

„Was ist denn passiert?", fragte Dr. Pingeliger, der sich erschrocken umgedreht hatte. Triefend vor Nässe spuckte Florian Wasser aus und meinte dann entschuldigend:

„Es waren noch zwei selbst gemachte Silvesterfrösche in Utalons Griffeltasche und die haben sich entzündet."

Als der Prüfer die Griffeltasche zur Begutachtung anhob, hatte sie tatsächlich ein kleines dunkles Loch.

„Du bekommst jetzt einen neuen Satz Prüfungsblätter, Utalon, aber die Zeit darf natürlich nicht überzogen werden."

Florian setzte sich auf seinen Platz. Sein magischer Füller wandte sich nun den Mathematikaufgaben zu. Interessiert beobachtete der Junge, wie der Klecks einen Lösungsansatz austüftelte und dann Zeile für Zeile die Lösung herausarbeitete. Als Torben hilfesuchend zu Florian schaute, lächelte dieser ihn an. Nach einem prüfenden Blick zu Dr. Pingeliger deutete Florian auf Torbens Griffeltasche. Kurze Zeit später strahlte auch Torben bis über beide Ohren.

Nach zwei Stunden waren die vier Freunde mit allen Aufgaben fertig und verließen als erste den Prüfungsraum. Dr. Pingeliger strahlte sie an und nickte wohlwollend mit dem Kopf. Draußen fragte Fanina Torben:

„Hättest du die Aufgabe mit den Widu-biologischen Molekülketten für den Heilungsprozess der Drachenpocken alleine lösen können? Mir wäre das nicht eingefallen."

Doch Torben schien das egal zu sein, denn er murmelte nur irgendetwas Abfälliges über die Aufgaben.

~~~

Die Höhle war riesig und stockdunkel. Nur einige Kristalle am Eingang lieferten ein mattes Licht. Besonders der Boden schimmerte, damit niemand ins Stolpern geriet. Außerdem hatte fast jeder der blau gewandeten Magier eine Fackel dabei, wenn er aus dem blauen Lichtstrudel des Portals in der Höhle ankam. Nach etwa fünfzig Metern erreichten sie ein kleines Podium, auf dem zwei Magier die Ankommenden erwarteten. Dicht daneben stand eine große Drachenpuppe. Als sich das Murmeln beruhigt hatte, ergriff einer der beiden Magier auf dem Podium das Wort.

„Ich habe Sie alle hierher gebeten, weil ich die Zeit für gekommen halte, den Worten Taten folgen zu lassen. Wir sind nicht nur die Portal-Magier der Enklave Cerninia, sondern auch die Falken. Einige von Ihnen haben bewiesen, dass ihre Freundschaft nicht nur aus Worten, sondern auch aus Taten besteht, denn sie haben die gefangenen Kameraden aus Altdrachenstein befreit. Doch die Befreiung ist nicht genug. Wir wissen nun, dass der Bote des Lichts seinen Drachen mitgebracht hat. Die Gefahr für unsere Enklave ist also viel größer, als es die gelehrten Professoren der Universität für möglich halten. Sie verschließen ihre Augen vor den Tatsachen. Dieser

Bote wird die Tore zu den Geheimnissen unserer Welt öffnen und um diese Geheimnisse zu bewahren, müssen wir tun, was nötig ist. Wir müssen unsere Welt für uns erhalten! Es darf kein Erstarken der Elfen geben."

„Was sollen wir tun, Herr von Galgenberg?", rief einer der gut hundert maskierten Magier.

Eine Pause entstand, in der der Redner mit arroganter Miene seine Gefolgsleute musterte. Dann antwortete er eisig, aber jedes Wort betonend:

„Wir müssen den Drachen des Boten des Lichts töten! Dieser Drache ist nur ein Werkzeug der Elfen, die unter dem Banner grüner Elfensymbole und Elfenträume nichts anderes im Sinn haben, als uns Magier aus der Enklave zu vertreiben!"

Zustimmung brauste auf, Jubel und Beifall erscholl.

„Aber das ist nicht genug. Wir müssen auch alle töten, in deren Adern Elfenblut fließt."

Die Begeisterung schwoll noch an. Zauberstäbe wurden gezückt, Brand- und Todesflüche auf die riesige Drachenpuppe abgeschossen, die in Flammen aufging.

„Wir müssen den Boten des Lichts zu unserem willenlosen Diener machen und endlich den Schatz der Elfen in Besitz nehmen!", schloss von Galgenberg mit gierig blitzenden Augen seine Rede.

5
Die Feier

Am nächsten Morgen saßen die vier Altdrachensteiner wieder am Frühstückstisch beisammen. Torben war ziemlich aufgeregt.

„Ich bin gespannt auf mein Ergebnis."

Florian war deprimiert, denn er sagte:

„Ich hätte nicht eine Aufgabe davon alleine lösen können."

„Ich auch nicht", sagte Utalon mit strahlendem Gesicht. „Aber der Käse schmeckt einfach herrlich. Ich hätte nie gedacht, dass etwas Vegetarisches so lecker sein kann."

Die drei anderen schauten Utalon mit großen Augen an, die immer noch schmatzend an ihrem Käse knabberte und gelassen sagte:

„Drachennot hat zu Sülaton gesagt, dass wir mit den Ergebnissen die interessanteste Praktikumsaufgabe bekommen: ‚Geschichte und Mythologie der Höhlen von Cerninia'. Da müssen wir alte Drachen- und Elfenschlösser finden und öffnen. Etwas, was die Magier nicht auf die Reihe kriegen."

Mit der üblichen Aufregung von Schülern vor der Bekanntgabe der Prüfungsergebnisse brachen die vier voller Zuversicht zur Zitadelle auf. An der Rezeption war der Aushang mit den Ergebnissen angeschlagen. Sie hatten alle bestanden. Auf einer zweiten Liste wurde die Einteilung der Praktikanten in jeweils vier Zweierteams bekannt gegeben: Florian und Utalon bildeten ein Team, Fanina und Torben ein zweites in der gleichen Praktikumsgruppe. Außerdem hatte Utalon Recht behalten, was das Thema der Praktikumsaufgabe anging. Die Einweisung durch die Betreuer sollte erst am nächsten Tag erfolgen.

So nutzten die vier den Tag zunächst zu einem Ausflug in die Cafeteria. Auf dem Rückweg schlenderten sie dann über den Marktplatz von Cerninia. Dort war Markttag und es wurde alles Mögliche zum Verkauf angeboten: Obst, Gemüse, Fisch, Käse, Fleisch und Brot, aber auch Süßwaren und Kleidung. Utalon war von den Zuckerstangen angetan und wollte unbedingt eine probieren. An einem kleinen Stand am Rande des Marktes trafen sie Frau Eschelbach, die zusammen mit einer Imkerin an einem Tisch ihre kleinen schwarzen Hexen verkaufte.

„Hexen, kleine schwarze Hexen. Hexen zum Heilen von Warzen und Hexen zum Träumen", rief Frau Eschelbach gerade.

Fasziniert beobachtete Utalon die beiden Frauen und auch Fanina strahlte sie an. Nur Torben und Florian hielten sie für unterbelichtet.

Da näherte sich den Frauen ein alter, bleicher Mann mit einem jungen Mädchen. Beide trugen zerschlissene Kleider. Sie ließen sich neben dem Stand auf dem Boden nieder. Das Mädchen hielt einen zerschundenen Hut vor sich. Bettler, dachte Florian abfällig und wollte sich wieder Frau Eschelbachs Hexen zuwenden, als sein Blick auf das Gesicht des Mädchens fiel und dort hängen blieb. Sie mochte in seinem Alter sein. Ihre Blässe erweckte den Eindruck, als ob sie krank sei, und plötzlich hatte er Mitleid. Als sie aufblickte und ihre Augen ihn müde anlächelten, durchfuhr ihn ein Blitz. Er konnte seine Augen nicht mehr von ihr abwenden. Sie war so wunderschön. Florian wollte ihr unbedingt etwas Gutes tun. Er griff in seine Tasche, holte ein paar Münzen hervor und bückte sich. Das Mädchen hob ihm den Hut ein Stück entgegen. Dabei streifte ihre Hand seine Finger. Ein dünner goldener Faden aus Licht tänzelte auf einmal zwischen ihnen hin und her, sie sahen sich fasziniert an. Dann fiel das Geldstück in den Hut und das Licht, das sie verbunden hatte, erlosch, doch ein Prickeln in Florians Hand blieb zurück und aus dem Gesicht des Mädchens war die Müdigkeit gewichen. Sie strahlte ihn an.

„Ich heiße Nanea", sagte sie leise und ließ den Hut auf den Boden fallen. Sie griff in eine Tasche und holte etwas hervor. Als sie die Hand langsam öffnete, wurde ein Insekt sichtbar. Eine tote Libelle, dachte Florian, denn das Tier regte sich nicht. Das Mädchen hielt es Florian hin und lächelte ihn aufmunternd an.

„Das ist Libellia", flüsterte Nanea. Entzückt griff Florian nach dem Tier. Reglos lag es in seiner Hand, doch nach einigen Momenten bewegte sich der kleine Körper, und eine silberne Schicht überzog langsam das Insekt. Da fing das Mädchen an, glücklich zu lächeln, und sagte:

„Sie ist ein Schlüssel und kann dich beschützen."

Auch Florian lächelte immer noch. Ob das Insekt ihn wirklich beschützen würde? Sein Körper schimmerte kurz golden, dann wurde er dunkelblau und erstarrte wieder. Ehrfürchtig steckte Florian es in seine Tasche und blickte wieder zu dem Mädchen. Ob Nanea eine Zigeunerin war, überlegte er. In diesem Moment beugte Nanea ihren Kopf tief hinunter und er sah drei Muttermale in ihrem Nacken, drei siebenzackige Sterne. Sie ist eine Elfin, dachte er.

Fanina hatte aufmerksam die Annäherung der beiden mitverfolgt. Nun lenkte sie Utalons Stimme, die gerade Frau Eschelbach ihre Hilfe anbot, ab.

„Ach ja", seufzte die Alte. „Das wäre nett. Heute ist kein guter Tag für Hexen und Honig. Die Leute haben andere Dinge im Kopf."

Utalon stellte sich hinter den Tresen und blinzelte die kleinen schwarzen Hexen an. Die kleinen Hexenpuppen verschwanden in einer grünen Wolke. Als sich der Dunst verzogen hatte, hatten sie nicht mehr ihre schwarzen Kleider an, sondern rote, grüne, blaue und gelbe Gewänder. Jeweils zu dritt flogen sie um die Köpfe von Florian, Torben und Fanina.

„Hexen, lustige, magische Hexen", rief Utalon.

Die Leute drehten sich zum Stand von Frau Eschelbach um, Kinder deuteten begeistert auf die fliegenden Hexen. Einige liefen zu ihnen hinüber. Da bildete sich erneut eine Nebelwolke, aus der weitere Hexen auf winzigen Besenstielen aufstiegen und die Köpfe der Kinder umkreisten. Diese wiederum versuchten, die Hexen zu fangen, und wenn sie es schafften, hörten sie ein leises „Lass mich bitte frei". Das machten die Kinder gerne. Nur ein kleiner frecher Junge versuchte, seiner Hexe den winzigen Besen abzunehmen und ihr den Kopf abzureißen. Da schoss ein kleiner Feuerstrahl warnend aus dem Mund der Hexe. Der Junge schrie auf und auf seinem Handrücken bildeten sich rote Flecken. Schnell nahm die Mutter den kleinen Übeltäter an die Hand und führte ihn weg.

Kaum hatten die ersten Hexen den Besitzer gewechselt, da erschien ein stämmiger Polizist und fragte nach der Lizenz für den Verkauf von fliegenden Objekten.

„Sind diese Hexen vom MSA, der magischen Sicherheitsagentur, auch als ungefährlich eingestuft worden? Haben sie ein entsprechendes Zertifikat?"

„Meine Hexen tun niemandem etwas zuleide", sagte Frau Eschelbach mit hochrotem Kopf. Nun wurde die Stimme des Polizisten strenger:

„Eine Frau hat sich bei mir beklagt, dass ihr Sohn den Feuerstrahl von einer dieser kleinen Hexen abbekommen habe."

„Der Junge war ein kleiner Bösewicht. Er wollte meiner Hexe den Hals abreißen", verteidigte sich Frau Eschelbach.

„Solange sie kein Zertifikat haben, aus dem hervorgeht, dass ihre Puppen ungefährlich sind, dürfen sie sie hier nicht mehr verkaufen!"

Mit diesen Worten ergriff der Polizist einige der starren, schwarzen Hexen auf dem Tisch und warf sie in einen großen Korb unter dem Verkaufstisch. Ein Schlenker mit seinem Zauberstab und alle in der Luft schwebenden Hexen folgten den schwarzen hinterher. Siegessicher wandte sich der Polizist zum Gehen. Utalon hatte den Dialog fassungslos mit offenem Mund verfolgt, Frau Eschelbach liefen die Tränen übers Gesicht.

Plötzlich legten sich die Handschellen, die der Polizist an seinem Gürtel trug, unbemerkt und geräuschlos um seine Handgelenke. Dann klickte es laut. Der Polizist blieb stehen und schaute ungläubig auf seine Hände. Wütend drehte er sich um und schrie: „Wer war das?"

Statt einer Antwort bildete sich eine goldene Nebelwolke über seinem Kopf, aus dem das Summen eines Wespenschwarms zu hören war. Als er nach dem Zauberstab in seinem Ärmel griff, verwandelte sich dieser in eine Zuckerstange. Der Polizist ließ erschrocken die klebrige Masse fallen und rannte in Richtung See davon, verfolgt von den Wespen.

„Viel Spaß beim Baden!", rief ihm Utalon lachend hinterher.

„Aber Kind, der arme Polizist", sagte Frau Eschelbach kopfschüttelnd.

„Ach, dem passiert schon nichts. Der lernt jetzt erstmal, was Angst ist."

Als die vier Freunde an diesem Abend zusammen mit Frau Eschelbach am Abendbrottisch saßen, kam die alte Frau noch einmal auf den Streich zurück. Betrübt sagte sie:

„Wenn eure Zauberstäbe morgen in der Universität registriert werden, dann kommt die MSA dahinter, wer diesen Streich verübt hat. Vielleicht lasst ihr besser den Stab verschwinden."

Sie schaute fragend in die Runde.

„Ach, keine Angst, da kommen die nie dahinter, wer das war", sagte Utalon zuversichtlich und strahlte Frau Eschelbach an. Dann nahm sie sich nacheinander drei Stücke von der herrlichen Torte, die die alte Dame extra für ihre Gäste gebacken hatte. Fanina zog daraufhin mahnend die Augenbrauen hoch und Torben murmelte ein paar warnende Worte. Da wusste Utalon, dass es genug war.

Dann machte Torben den Vorschlag, das Bestehen der Prüfung in der bei Studenten beliebten Kneipe „Zum nebeligen Matterhorn" zu feiern. Alle waren begeistert, nur Florian druckste herum, weil er wenig Geld hatte.

„Ich lade euch alle ein", erklärte Torben daraufhin freudestrahlend. „Wegen des tollen Prüfungsergebnisses."

Zehn Minuten später saßen sie im „nebligen Matterhorn" und bestellten Getränke. „Viermal Enzianbier, alkoholfrei Typ B", hatte die Kellnerin Torbens Auftrag wiederholt.

„Was bedeutet ‚Typ B'?", wollte Florian wissen.

„Da sind hin und wieder noch Spuren von Alkohol drin", meinte Torben grinsend.

Es schien ein fröhlicher Abend zu werden, voller Witz und Unbeschwertheit, bis das Gespräch wieder auf die Prüfung zurückkam.

„Wie hast du eigentlich davon erfahren, dass Drachennot und Sülaton das Prüfungsergebnis vorher abgemacht haben?", fragte Fanina Utalon.

„Oh, das kam so. Vor zwei Wochen war Sülaton plötzlich so besorgt. Ich hab sie gedrängt, mit mir zu reden, aber sie versuchte nur, mich zu beschwichtigen. Eines Abends machte mich das Drachenbuch darauf aufmerksam, dass Sülaton die Kristallhöhle verlassen wolle. Offensichtlich war es auch besorgt. Ich folgte meiner Großmutter und war erstaunt, dass sie ins Dorf Altdrachenstein flog. Am Dorfrand verwandelte sie sich in eine Magierin, dann ging sie in die Kneipe ‚Zum letzten Zinnsoldaten'. Sie setzte sich an einen Tisch zu einem Mann, den ich zuerst nicht erkannte. Aber als ich mich an einen Tisch in der Nähe setzte, sah ich, dass es Direktor Drachennot war. Ich konnte ihr Gespräch gut belauschen: Demnach machte sich Drachennot Sorgen um Florian."

Sie machte eine Pause und schien in ihrer Erinnerung zu forschen.

„Er sagte, dass der Prüfungsausschuss die Aufgaben so schwer gestaltet habe, dass die Schüler aus Altdrachenstein sie niemals würden lösen können. Offenbar wollten die Mitglieder des Ausschusses keine Schüler aus seiner Schule an der Universität haben. Doch Direktor Kwantentorf bestand darauf, dass der Anschein eines fairen Verfahrens nach außen hin gewahrt bleiben müsse. Außerdem teilte er Direktor Drachennot insgeheim mit, dass möglicherweise eine Gruppe der Magier der Portalmaurer die Schüler aus Altdrachenstein angreifen könnte."

Utalon sah Florian kurz besorgt an, dann holte sie Luft und fuhr fort:

Er meinte, es wäre nicht gut, wenn Florian allein und ohne Schutz nach Cerninia reiste. Deshalb fragte er Sülaton, ob ich dich nicht begleiten könne. Meine Großmutter versprach ihm meine Unterstützung für dich, aber sie wollte auch wissen, welche Art von Gefahr dort in Cerninia auf uns warten würden. Drachennot zuckte bekümmert die Schultern. Das wüsste er nicht genau, aber es sei gerade dabei, das herauszufinden."

Alle schwiegen betroffen, eine düstere Stimmung breitete sich aus. Utalon kippte ihr Bier hinunter und fing an zu träumen. Fanina rührte wortlos in ihrem Krug herum und Florian starrte vor sich hin. Nur Torben versuchte, alle mit Erzählungen über seinen Cousin Tobias aufzuheitern. Schließlich kam die

Kellnerin und fragte nach weiteren Getränkewünschen. Doch alle lehnten ab. Als sich die Kellnerin umdrehte und wegging, liefen Utalon plötzlich Tränen über das Gesicht und sie fing an zu schniefen.

„Ich bin ja so traurig."

Florian versuchte, sie zu trösten: „Warum denn das?"

„Ich weiß nicht, ob ich dich vor diesen Halunken beschützen kann, Florian."

Es war das erste Mal, dass Florian Utalon ängstlich sah. Fanina legte einen Arm um sie und streichelte ihren Rücken.

„Ich bin ja auch noch da. So schnell bekommen sie uns nicht klein", sagte Torben. „Ich werde mich mal umhören, ob mein Cousin Tobias Kwantentorf etwas über diese Leute weiß, die es auf uns abgesehen haben", versuchte er zu trösten.

Das Heulen nahm zu und plötzlich veränderte sich Utalons Gesicht. Der Mund verformte sich zu einem Drachenmaul, aus dem Qualm herausquoll. Florian richtete geistesgegenwärtig seinen Zauberstab auf Utalons Kopf und plötzlich verschwand ihr Gesicht unter einer unglaublichen Lockenpracht. Ein dumpfes Keuchen ertönte. Die Kellnerin schaute neugierig in ihre Richtung und fragte:

„Was macht ihr denn mit dem Mädchen? Ist ihr nicht gut?"

„Sie hat gerade einen Asthma-Anfall", sagte Florian.

Da setzte sich Fanina neben Utalon, zog verstohlen ein kleines Fläschchen hervor und reichte es Utalon: „Trink! Dann wird dir gleich besser werden."

„Meinst du wirklich?", murmelte das Drachenmädchen, trank das Fläschchen aber in einem Zug leer. Dann atmete sie zweimal tief durch und die Tränen ebbten ab. Utalons Gesicht nahm allmählich wieder seine alten Züge an. Als die Kellnerin das nächste Mal vorbeikam, meinte sie aufmunternd zu dem Mädchen:

„Na, vielleicht doch noch einen Schnaps zum Abschied?"

Ein lautes und entschiedenes „Nein" aus drei Kehlen war die Antwort.

~~~

In der Nacht erwachte Florian durch ein Geräusch. Er meinte, ein kurzes, hohes Pfeifen gehört zu haben. Jetzt war es erneut zu hören. Es kam von der anderen Seite des Bettes, dort, wo der Stuhl stand. Jemand lag dort auf einer Matratze. Er sah im Mondschein, dass es Utalon war. Leise streckte er einen Arm aus und berührte ihre Nase, die das Pfeifen von sich gab. Selig seufzte sie im Schlaf und ihre Nase fing an, silbern zu schimmern. Da sah er im Schein des Schimmers ein Buch neben ihr liegen. Hatte sie es im Zimmer von Fanina gefunden? Ob sie der Inhalt dazu gebracht hatte, sich um ihn Sorgen zu machen? Ob sie deshalb in der Nacht zu ihm gekommen war? Er tastete nach seinem Zauberstab und brachte die Spitze zum Leuchten. „Enklavenlegenden des 17. Jahrhunderts" von Rebecca Hunuan, las er. Er blätterte die Seiten rasch durch und überflog hier und da ein paar Überschriften. Eine davon schien etwas zu schimmern. Nein, es war nicht die Überschrift, sondern ein Bild darunter, das eine merkwürdige Tiergestalt darstellte. Nur manchmal schimmerte sie, immer dann, wenn er sie näher an Utalons Matratze hielt. Florian fand heraus, dass das irgendwie mit Utalons Nase zusammenhing. Er betrachtete das Tier genauer. Irgendwie erinnerte es ihn an einen Drachen. Es hatte jedenfalls Schuppen auf dem Rücken und auf den Flügeln.

Das weckte seine Neugier. Er begann, den Text zu lesen. Es war ein Erlebnisbericht eines Landsknechtes, Antonius Cesari, der 1639 während des Dreißigjährigen Krieges an den Kämpfen zwischen katholischen und protestantischen Soldaten im Norden der Schweiz teilgenommen hatte.

„Nach den Kämpfen gegen die Truppen Bernhard von Weimars war unsere Kompanie von einer Kavallerieabteilung der Protestanten überrascht und völlig zersprengt worden. Ich schlich mit acht Kameraden einen Pfad entlang durch einen dichten Wald. Im trüben Licht gelangten wir in ein entlegenes Tal. Dann führte der Weg in die Berge. Am Eingang einer Höhle glaubte ein Kamerad Spuren von Gold in einem Bach zu erkennen. Wir vermuteten eine versteckte Goldmine und wollten uns den Gang näher anschauen. Wir schritten vorsichtig durch einen langen Tunnel zu einem anderen entlegenen Tal, das an einem See lag. Gold fanden wir nicht. Dort gab es ein verlassenes, kleines Dorf. Die Hütten waren seltsame Behausungen, merkwürdige Baumhäuser, die Laubdächer und dichte Heckenwände hatten. Wir durchsuchten sie und nahmen das Gold, das wir fanden, mit. Unter einem golden schimmernden Busch versteckt stand eine Truhe, in der wir weitere Schätze vermuteten. Sie ließ sich jedoch nicht öffnen. Der Deckel, den verschlungene Symbole zierten, war so schwer, dass wir ihn selbst zu viert nicht aufklappen konnten. Dann trafen wir in der Nähe einen stummen Greis, den wir zu der Truhe befragten und der uns schließlich eine kleine, tote Libelle gab. Als unser Sergeant das Insekt auf den Deckel legte, geschah etwas Unglaubliches: Die tote Libelle bewegte sich und kroch in das Schlüsselloch. Wir zerrten mit vereinten Kräften am Deckel. Leider konnten wir ihn immer noch nicht öffnen, doch dafür ließ sich die Truhe nun bewegen. Da flehte uns der Alte, der uns beobachtet hatte, an, sie ihm nicht wegzunehmen. Sie sei sein wertvollster Schatz, der Schatz der Elfen. Wir hielten seine Worte für das Gerede eines verwirrten Mannes und luden die Truhe auf einen Wagen. Nach einer langen und erfolglosen Suche nach einem Ausweg aus diesem Tal, beschlossen wir, am nächsten Tag durch den Tunnel zurückzukehren.

Doch als wir den Pfad zu dem Berg hinaufstiegen, kam Nebel auf. Dann stellten sich uns völlig unerwartet gut ein Dutzend Einhörner am Waldrand in den Weg. Niemals werde ich ihr lautes, wütendes Wiehern vergessen. Wir hatten unsere Hellebarden zur Verteidigung gesenkt. Trotzdem überraschte uns die ungeahnte Wildheit ihres Angriffs. Es gelang uns nur unter Mühen, sie zu vertreiben. Da bereits die Nacht aufzog und wir sehr erschöpft waren, beschlossen wir, vor dem Eingang zum Tunnel unser Lager aufzuschlagen und erst am nächsten Morgen weiterzuziehen. Doch in der Dunkelheit kam noch mehr Unglück über uns. Ein riesiges Monstrum, einem Wildschwein ähnlich, jedoch viel größer als ein Pferd und mit zwei Flügeln anstelle der Vorderbeine, schlich auf uns zu. Zitternd vor Angst richteten wir unsere

Hellebarden auf dieses Ungeheuer. Wir wollten es gerade angreifen, da spie es Feuer gegen uns. Kopflos stoben wir auseinander und flohen in alle Richtungen. Ich lief in den dichten Wald und beschloss nach einer Weile, als sich nichts regte, auf eigene Faust zum Tunnel zurückzukehren. Nach einem Tag erreichte ich eine Stadt, wo ich meine Gesundheit wiedererlangte. Doch niemals konnte ich die schrecklichen Ereignisse in diesem verborgenen Tal vergessen, das mir und meinen Kameraden so viel Unglück beschert hatte. Noch heute, zehn Jahre später, wache ich manchmal des Nachts schweißgebadet auf und höre das schreckliche Fauchen des Monstrums."

Florian vermutete, dass dieses Monster ein Drache gewesen war.

6
Die Praktikumsaufgabe

Am nächsten Morgen wurde Fanina durch lautes Schnarchen geweckt. Sie blickte auf den Wecker. Es war kurz vor sieben. Dann der Blick zur Matratze auf dem Boden, auf der Utalon schlief. Ein Drachenkopf schnarchte dort mit geschlossenen Augen. Fanina rieb sich die Augen. Irgendetwas war mit ihrem Verwandlungszauber vom Vortag nicht in Ordnung. Da fing der mechanische Hahn an zu krähen: „Kikerikiiiii. Kikerikiii."

Die Augenlider des Drachenkopfes klappten auf. Da erscholl der Ruf des Hahnes ein zweites und drittes Mal: „Kikerikiii. Kikeri... " Weiter kam der Hahn nicht mehr, denn ein glühender Strahl traf ihn. Der metallene Kopf hörte auf zu grinsen und erstarrte zu einem schrecklich verzerrten Gesicht.

„Ich hab dich gewarnt", zischte das Drachenmädchen wütend.

„Alles in Ordnung bei euch da drinnen?", fragte eine alte Stimme draußen, während es an der Tür klopfte.

„Dein Kopf: Du hast einen Drachenkopf", flüsterte Fanina.

„Verdammt", knurrte Utalon. Gleichzeitig verwandelte sich der Drache zurück in das junge Teenagermädchen. Dann sprang das Fenster des Zimmers auf, weil noch eine Nebelwolke über dem Bett von Utalon hing. Gerade noch rechtzeitig, denn schon öffnete sich die Tür und die Wirtin schnüffelte im Zimmer herum.

„Ihr habt doch nicht geraucht?", fragte Frau Eschelbach misstrauisch.

„Es ist der Nachbar. Er raucht morgens immer auf dem Balkon", beschwichtigte nun Fanina.

„Was ist denn mit meinem schönen Hahn passiert?" fragte die alte Frau erschrocken, als ihr Blick den Nachttisch streifte.

„Ich glaube, dass uns heute Nacht ein Geist besucht hat und da hat sich der Hahn erschrocken", gähnte Utalon.

„Er sieht wirklich aus, als ob er ein Gespenst gesehen hätte", murmelte die alte Frau.

Eine halbe Stunde später kaute Utalon immer noch an einem der sonst so leckeren Käsebrote herum, obwohl die anderen ihr Frühstück längst beendet hatten. Sie machte sich Sorgen.

„Hast du Kopfschmerzen, Utalon, liebes Kind? Deine Freunde warten schon draußen auf dich", sagte Frau Eschelbach.

Utalon schluckte schwer und ließ den Rest des Brotes auf dem Teller liegen. Seufzend erhob sie sich, verabschiedete sich von der Wirtin und machte sich mit den anderen auf den Weg zur Burg.

Am Aushang neben der Rezeption in der Zitadelle erfuhren sie, dass die Bekanntgabe der Praktikumsgruppen und -aufgaben im Prüfungsraum stattfand. Wieder leitete Dr. Pingeliger die Veranstaltung. Nur standen ihm dieses Mal Tutoren zur Seite, die jeweils eines der Teams, bestehend aus acht Personen, übernahmen. Sie sollten sich um die Betreuung der Sommerstudenten kümmern. Rufus

Kwantentorf, dem ältesten Sohn des Direktors der Universität, wurde die Gruppe mit den vier Altdrachensteinern zugewiesen.

Die Aufgabenstellungen für diese Achtergruppe stammten vom Professor für magische Biologie und Mineralienlehre, Ovid Pegasus. Florian und Utalon sollten die Cerninia-Höhlenalpenveilchen suchen und ihre magischen Eigenschaften bestimmen. Vorsicht war geboten, denn die Blätter waren sowohl sehr magisch als auch sehr giftig. Torben und Fanina sollten dagegen eine bestimmte Gesteins- und Kristallart analysieren. Es gab noch zwei weitere Zweierteams in der gleichen Praktikumsgruppe. Traudel Quellner und Alfred Löchner beschäftigten sich mit der magischen Mythologie der Gesteinsportale in Cerninia und Sofie Tassner und Josef Holzner sollten sich mit den Anfängen der Magie in Cerninia auseinandersetzen: „Die Zwölf-Höhlen-Theorie mit zehn Thesen zur Entwicklung der Magie in Cerninia."

Nachdem Dr. Pingeliger den Jugendlichen ihre Aufgabenstellung ausführlich erläutert hatte, gab er dem Tutor Rufus Kwantentorf mit einem Nicken zu verstehen, dass er sich nun mit seinen Schülern entfernen durfte.

„Folgt mir", rief Rufus lässig. „Wir müssen jetzt erst zur Rezeption und eure Zauberstäbe registrieren lassen. Oder habt ihr das schon gemacht?"

Die überraschten Blicke seiner Zöglinge ließen keinen Zweifel an der Antwort. Kurz darauf standen alle vor der Theke, hinter der die beiden Sekretärinnen saßen. Torben war wieder der Erste, der seinen Zauberstab registrieren lassen wollte. Er reichte einer der beiden Frauen sein kleines Holzplättchen, die Registrierkarte, das er am ersten Tag in Cerninia bekommen hatte.

„Ich brauche dann noch Ihren Zauberstab", sagte Frau Neugierna.

Torben holte seinen Zauberstab hervor. Die Frau legte das Plättchen in den kleinen Holzklotz, schob die Zauberstabspitze in eine Öffnung an der Seite und setzte die schimmernde Silberplatte auf den Klotz. Blaues Licht quoll an den Schlitzen heraus. Dann zog sie den Zauberstab heraus. Ein neuer, schwarzer Streifen hatte sich um das Ende des Stabes gekringelt. Frau Neugierna schaute prüfend auf ihren Irrlichtmonitor. Dann gab sie Torben den Zauberstab zurück.

„Alles in Ordnung, der Nächste bitte", sagte sie.

Utalon hatte die Prozedur genau beobachtete, als letzte war sie nun dran. Alles ging glatt, bis die Frau den Zauberstab registrierte und die Daten überprüfte.

„Utalon Sülaton, Pensionsgasse 13, Zauberstab Nordlandeiche, 1 Spruch, Widu-Primzahlenstruktur 2089 ..."

Sie sah Utalon staunend an. Die grinste und sagte: „Alles richtig." Die Sekretärin beachtete Utalon aber gar nicht mehr, weil sie sich längst zu ihrer Kollegin umgedreht hatte.

„2089? Gibt es Zauberstäbe mit so hohen Primzahlenwerten?"

Ihre Kollegin sah sie überrascht an und blickte dann ebenfalls auf den Irrlichtmonitor. Kopfschüttelnd sagte sie:

„Professor Ovid Pegasus hat den mächtigsten Zauberstab: Magiumeiche mit einer Widu-

Primzahlenstruktur von 1511. Höhere Werte gibt es nicht."

Nun mischte sich Rufus Kwantentorf ein.

„Es gibt höhere Werte, nur eben nicht in dieser Enklave. Nordlandeiche hat die dichteste Widu-Primzahlenstruktur. Sie wächst zehnmal langsamer als unsere Eichen hier, reichert aber sogar Widu-Primzahlenkristalle an. Deshalb gibt es im Norden manchmal Werte von mehr als 2500. Selten, aber es gibt sie."

Frau Neugierna sah den Tutor staunend an.

„Na ja, wenn Sie das sagen, Herr Kwantentorf", sagte sie. Dann zog sie den Stab aus dem Holzklotz, blickte ihn ehrfürchtig an und reichte ihn an Utalon zurück.

„Ich hoffe, Sie behalten dieses Wissen für sich", forderte der Tutor die beiden Frauen mit leiser Stimme auf. Ergeben nickten die beiden dem Sohn des Direktors der Universität zu. Er trat etwas näher an die Sekretärinnen heran und begann vertraulich und leise mit ihnen zu reden:

„Jedes magische Portal benötigt zum Öffnen einen Zauberstab, der mindestens die Primzahlenstruktur seines Gesteins hat. Dieser Zauberstab kann vermutlich einige Portale öffnen, die kein anderer Zauberstab aus der Enklave aufbekommt. Dies ist geheimes Wissen der Magier vom Orden der Portalmaurer."

„Wir sind verschwiegen wie ein Grab", murmelte die eine der Sekretärinnen mit zusammengepressten Lippen.

Rufus beachtete die Frauen nicht weiter, sondern wandte sich um und ging in das dunkle, gotische

Gewölbe im Rezeptionssaal, in dessen Gestein Totenköpfe gemeißelt waren. Seine Praktikanten folgten ihm neugierig. Sie blieben vor dem mittleren Bogen stehen. Die Steine unter dem Bogen schimmerten orange. Auf der rechten Seite waren fünf silberne Schilder in das Gestein eingelassen.

„Das ist ein Portal", erklärte Rufus. „So etwas gibt es in Altdrachenstein meines Wissens nach nicht. Erstaunlich, denn die Magier leben dort ja schon sehr viel länger als hier in Cerninia."

Er blickte die Altdrachensteiner herausfordernd an und grinste besserwisserisch. Dann fuhr er fort:

„Portale sind dazu da, schnell von einem Ort zum anderen zu gelangen. Die Transportfähigkeit aller Portale beruht auf den Portaleigenschaften eines bestimmten Gesteins: Die Kristalle des Portsuevit verfügen nämlich über eine bestimmte Primzahlenstruktur," belehrte er die Praktikanten.„Wir begeben uns jetzt in die Geschichts-und-Mythologie-Bibliothek. Bitte folgt mir."

Er drückte auf eines der fünf silbernen Plättchen und trat nach vorn. Das orange schimmernde Gestein erglühte in einem bunten Farbstrudel, der den Tutor einfach in sich aufnahm. Die anderen folgten ihm und befanden sich für ein paar Sekunden orientierungslos in einem heulenden Luftstrom. Sie hatten das Gefühl, schwerelos zu sein. Dann stießen ihre Füße hart auf den Boden und sie stolperten in einen riesigen Raum, dessen hohe Decke von mächtigen runden Pfeilern getragen wurde. Weit oben leuchteten Mond- und Sonnenlichtkristalle. Ansonsten bestimmten endlose Reihen von Tischen mit Stühlen den Raum, lauter Lesetische. Mindestens dreißig auf jeder Seite – als ob wir in einem riesigen Klassenzimmer wären, dachte Florian.

„Für eure Praktikumsaufgabe müsst ihr jede Menge Informationen suchen, das hier ist der richtige Ort dazu", sagte Rufus.

Er deutete auf die unzähligen Bücherregale rings um ihn. Dann wies er seine Schützlinge weiter ein. Zunächst sollten sie selbst nach passenden Büchern zu ihren Aufgabenthemen suchen. Wenn sie damit überhaupt nicht weiterkämen, dann würde er ihnen helfen, aber wirklich erst als allerletzte Möglichkeit.

Dann führte er die Praktikanten zwischen den Regalreihen hindurch und wies sie dabei auf einzelne Themenbereiche hin. Nach einer Stunde verabschiedete er sich schließlich mit den Worten:

„Versucht nicht irgendwelche Bücher zu klauen. Sie sind alle registriert und an der Rezeption werdet ihr geschnappt und von der Universität verwiesen."

Zum Abschluss nahm er Florian beiseite, blickte sich kurz nach allen Seiten um und flüsterte dann:

„Ihr müsst vorsichtig sein! Von Galgenberg hat hier viele Freunde. Außerdem gibt es Gerüchte, dass ein neuer Drache in Cerninia aufgetaucht ist. Die Portalmaurer suchen ihn und wenn sie ihn finden, dann werden sie kurzen Prozess mit ihm machen."

Florian war zutiefst erschrocken, doch er versuchte, seine Gedanken so gut wie möglich zu verbergen. Er und Utalon würden also in der Enklave auf sich allein gestellt sein. Die Magier von Cerninia hatten ihn willkommen geheißen, aber das galt nicht für Utalon. Sie wollten ihren Tod! Er war schockiert.

Die Praktikumsgruppe suchte sich nun einen ruhigen Platz und beratschlagte. Es wurde beschlossen, dass jeder zunächst für sich auf Büchersuche gehen sollte, und so schlenderten die Mitglieder durch die Regalreihen und durchsuchten sie nach interessanten Werken. Nach einer Stunde hatte Florian endlich ein Buch gefunden, dessen Titel vielversprechend klang: „Geschichte der Mythologie der Alpenveilchen in der Enklave Cerninia" von Dr. Johannes Nuschelberger. Utalon war bei dem Regal über „Drachenmythologie in Cerninia" hängen geblieben und verschwunden. Torben und Fanina lasen schon fleißig in ihren Büchern, als Florian auf die beiden zukam und sich neben sie setzte.

„Wo hast du Utalon gelassen?", fragte Torben.

Doch Florian zuckte nur mit den Schultern und erwiderte:

„Wisst ihr eigentlich, dass es zwei Regale voller Bücher mit Geschichten über Blumen und Heidekräuter gibt?"

„Wieso hast du dann nur ein Buch mitgebracht?", tadelte ihn Fanina, die elf Bücher vor sich aufgetürmt hatte.

„Ich hab nur ein Buch über Alpenveilchen gefunden und hoffe eben, dass da vielleicht ein Kapitel über Höhlenalpenveilchen drin ist", sagte Florian.

„Ich hab noch nichts über Magiumsuevit gefunden", mischte sich Torben ein, „aber dein Höhlenalpenveilchen taucht in diesem Buch auf."

Er deutete auf eines seiner vier Bücher. Florian sah ihn dankbar an, dann blätterte er beschämt in seinem einzigen Buch. Er hatte fast das ganze Inhaltsverzeichnis überflogen, als ihm eine Überschrift ins Auge fiel: „Suevitgesteine und Veilchengifte im letzten Krieg der magischen Arten in Cerninia."

Neugierig schlug er das Kapitel auf und las auf der dritten Seite das Wort Magiumsuevit: „Magiumsuevit ist neben dem Portsuevit das magischste aller Gesteine. Besonders in alten Höhlen der Enklave Cerninia ist es in reichen Mengen vorhanden. Im Flusslauf des Cerniniaälv kommt es ebenfalls in großen Mengen vor, genauso wie im Brunnen der Achttürme-Zitadelle ... "

Florians Interesse an Magiumsuevit war nach dem Lesen dieser Passage weg. Er reichte Torben das Buch mit den Worten:

„Da ist was über dein Magiumsuevit. Ich nehme mir mal das Buch mit den Höhlenalpenveilchen. Okay?"

Torben nickte, da kam plötzlich Utalon mit verzücktem Gesicht zurück. Sie hatte sogar ein Buch an ihre Brust gedrückt, das sie jetzt stolz herumzeigte. Florian las den Titel: „Drachenlegenden kurz vor dem letzten magischen Krieg in der Enklave Cerninia." Er dachte: Thema verfehlt! Doch Utalon schwärmte:

„Er ist schön, einfach wunderschön."

Sie setzte sich neben Fanina.

„Wer ist wunderschön?", fragte Fanina nun lächelnd.

„Er", sagte Utalon, schlug das Buch auf und deutete auf das Bild eines stattlichen Drachen. Sie lehnte ihren Kopf gegen Faninas Schulter und seufzte.

„Nicht übel", meinte Fanina und las laut für die Jungen vor:

„Sattergon war der einzige bekannte goldene Drache in der Enklave Cerninia vor Ausbruch des letzten magischen Krieges. Er war strikt dagegen, die Magier auf ihrer Zitadelle anzugreifen. Dank seines

Ansehens bei allen magischen Spezies setzte er durch, dass der Magier Albertus von Kwantentorf, der Elf Vasanan und der Drache Atrigon im Namen ihrer Gemeinschaften ein letztes Mal miteinander verhandelten. Die Verhandlungen fanden im Schmalschluchter Negernhöhlensystem statt. Dorthin zogen sich die drei in eine der vielen Höhlen zurück und wurden nie wieder gesehen. Sieben Tage nach ihrem Verschwinden brach der letzte magische Krieg in der Enklave aus. Alle drei Spezies beschuldigten sich gegenseitig, die jeweils anderen Verhandlungsführer ermordet zu haben. Ein Jahr später endete der Krieg mit der Niederlage der Elfen und Drachen, nachdem diese bei den letzten Kämpfen schwere Verluste hatten hinnehmen müssen."

„Interessant", sagte Torben. „Aber was zum Teufel soll das mit Magiumsuevit zu tun haben? Oder mit Höhlenalpenveilchen?"

Utalon antwortete nicht, sondern seufzte nur und blickte immer noch auf das Bild des Drachen. In diesem Moment kam ein Mädchen aus einer der Regalreihen hervor. Sie hatte ein Buch in der Hand und näherte sich langsam dem Tisch der Altdrachensteiner.

„Darf ich mich setzten?", fragte sie leise lächelnd.

Sie stand jetzt dicht hinter Florian und Utalon, die beide kurz aufblickten. Es war Nanea, das Mädchen, das Florian auf dem Markt neben dem Stand von Frau Eschelbach getroffen hatte. Florian rückte ein Stück zur Seite und Nanea zog einen freien Stuhl in die Lücke, die sich auftat. Sie legte ihr Buch auf den Tisch, lächelte die vier Freunde an und meinte:

„Ich habe am schwarzen Brett eure Ergebnisse beim Praktikumstest gesehen: Gratulation! Ich vermute, dass ihr jetzt die Eigenschaften der Höhlenalpenveilchen erforschen sollt?"

Florian, Fanina und sogar Torben schauten Nanea erstaunt an. Utalon schnupperte interessiert an ihrer zerschlissenen Kleidung.

„Woher ... ", begann Florian, doch das Mädchen unterbrach ihn:

„Kurz nach Beginn des letzten Krieges in der Enklave zwischen Elfen und Drachen einerseits und den Magiern anderseits, tauchte hier ein Bote des Lichts mit seinem Drachen auf und verschwand kurz darauf wieder. Viele Sagen ranken sich um das Schicksal der beiden, eine davon steht in diesem Buch. Ich finde sie sehr interessant. Die Geschichte handelt davon, dass der Bote des Lichts nicht kämpfte, sondern anfing, magische Höhlenalpenveilchen zu züchten. Sie lockten verschiedene Libellenarten an, darunter auch eine Silberwald-Libellenkönigin. Mit ihrer Unterstützung hätten sich die Elfen und Drachen gegen die Magier behaupten können, doch die Elfen waren damals zu ungeduldig."

In diesem Moment erschienen die vier Cerninia-Praktikanten. Als sie erkannten, wer da zusammen mit den Altdrachensteinern am Tisch saß, sahen sie das Mädchen mit den zerschlissenen Kleidern nur hochmütig und abweisend an. Nanea stand auf und verließ erhobenen Hauptes den Lesesaal, ohne noch ein weiteres Wort zu sagen.

Florian schaute ihr verwirrt hinterher. Dann sah er das Buch auf dem Tisch, das Nanea anscheinend vergessen hatte. Doch bevor er ihr etwas hinterher rufen konnte, nörgelte Traudel Quellner, eines der Cerninia-Mädchen:

„Was wollte die Prolo-Tussi denn von euch?"

„Ach, sie hat uns nur zur bestandenen Prüfung gratuliert. Ich glaub, sie hat Informationen für ihr Studium gesucht", sagte Torben diplomatisch.

„Die doch nicht, die hilft hier doch nur beim Büchersortieren. Die hat keinen Grips in der Birne, denn sie hat Elfenblut in den Adern. Die kann froh sein, wenn sie sich hier ein paar Groschen dazu verdienen darf. Habt ihr denn nicht ihre verrottete Kleidung gesehen?"

Einen Moment lang sah Fanina Traudel voller Wut an, doch Florian schüttelte den Kopf und drückte ihr sacht den Unterarm.

„Ich fand, dass sie mehr Grips im Kopf hat als du", sagte Torben nun.

Florian beachtete Traudel nicht weiter, sondern wandte sich den „Drei Geschichten" von Tamina Hunuan zu. Es war das Buch, das Nanea liegen gelassen hatte. Er blätterte darin und suchte nach dem Wort „Höhlenalpenveilchen", doch er fand es nicht.

7
Nächtliche Überraschung

Nach dem Mittagessen beratschlagten sich die vier
Altdrachensteiner mit den vier Sommerpraktikanten
aus Cerninia, denn sie mussten wohl oder übel mit
ihnen zusammenarbeiten. Zu diesem Zweck hatten sie
vier der Lesetische aneinandergerückt und sich
drumherum gesetzt. Die vier Praktikanten aus
Cerninia blickten neugierig zu Florian. Sie erwarteten
wohl einige intelligente Äußerungen von ihm, denn
sie kannten die Ergebnisse der Prüfung. Florian hielt
sich jedoch zurück, damit seine Unkenntnis nicht so
schnell offensichtlich wurden. Er schaute nur auf die
vielen Bücher der anderen.

Das intellektuelle Engagement der vier
Praktikanten aus Cerninia war wesentlich größer als
das der Altdrachensteiner. Florian sah zu Utalon und
deutete dann auf ihre Bücherstapel. Utalon verstand
ihn sofort. Sie griff sich ein Buch nach dem anderen
und hielt es gegen ihren Kopf. Dann ließ sie mit
gelangweiltem Blick die mit dem Daumen gespannten
Seiten an ihrem Ohr vorbeiflutschen. Die vier
Jugendlichen aus Cerninia sahen der Prozedur
staunend zu, erhoben jedoch keine Einwände. Das
siebte Buch schlug Utalon auf und hielt es Florian vor
die Nase. Der blickte gelangweilt hinein, doch dann
sah er überrascht auf und las vor, was dort stand:

„Die Ariadnehöhle ist ein Hort der magischen
Blumenwelt. Man findet dort Winterlöwenzahn,

blablaba … und sogar drei verschiedene Arten von Höhlenalpenveilchen usw."

Der Vorleser hielt überrascht inne, während seine Augen über den Text huschten. Plötzlich las er weiter:

„Und hier: Auf der Harzheimer Gletscherwiese findet man die seltenen Höhlenalpenveilchen sowohl vor der Niedertrollhöhle als auch darinnen. In der Höhle gibt es sogar die sehr seltenen Schwarzstengelalpenveilchen, eine Unterart der Höhlenalpenveilchen. Sie blühen im Frühjahr nur an zwei Tagen nach dem dritten Vollmond, wenn die Mondlichtkristalle in der Höhle ihren hellsten Schein entfalten. Genau zu der Zeit fangen auch die Numin-Suavite für zwei Tage an zu schimmern und projizieren ein fantastisches Nordlichtspektakel in die Höhle. Messungen haben ergeben, dass starke Magnetfeldänderungen damit einhergehen. Die Wechselwirkung zwischen dem Suavit-Gestein und den Pflanzen ist dabei noch nicht endgültig erforscht und geklärt. Erschwert werden einfache Erklärungsmodelle vor allem durch die ebenfalls dort vorhandenen Magiumsuavit-Kristalle, die bekanntermaßen über vielfältige magische Eigenschaften verfügen und ebenfalls zu dieser Zeit außergewöhnlich stark in vielen Farben schimmern."

Wieder folgte eine kleine Pause, in der Utalon mit ihrer Daumentechnik eine weitere interessante Stelle in einem anderen Buch fand. Sie wollte es gerade Florian reichen, doch Fanina kam ihm zuvor, griff selbst nach dem Buch und las:

„Die Schmalschluchter Negernhöhle ist die älteste und größte Höhle in der Enklave Cerninia. Sie war die letzte Zuflucht der Elfen, bevor diese magische Art im

17. Jahrhundert endgültig vertrieben wurde. Die Höhlenzeichnungen der Elfen sind überall bekannt und werden allgemein wegen ihrer Detailtreue bewundert. Den Elfen war es schon im 15. Jahrhundert gelungen, die Drachen aus den niederen Gebieten von Cerninia zu vertreiben und so einen großen Teil der Enklave in ihren alleinigen Besitz zu bringen. Etwa hundert Jahre später gelangten Magier erstmals in die Schmalschluchter Negernhöhle, indem sie zufällig ein Portal in der Ariadne-Höhle fanden, das sich als Zugang erwies. Bei dem Erdbeben von 1628 wurde dieses Portal allerdings zerstört und nicht wieder aufgebaut. Gleichzeitig entstand aber auch der heute noch einzig zugängliche Tunneleingang zum Schmalschluchter Tunnel- und Höhlensystem, in dem sich auch der letzte offene Zugang zur Negernhöhle befindet. Diese Höhle bietet einen enormen Reichtum an Schattenpflanzen, insbesondere an vielen Arten des Höhlenalpenveilchens, die auch international Beachtung gefunden haben. Auffällig sind die intensiven und vielfältigen Toxine dieser Pflanzen, deren Entstehung möglicherweise durch die Mineralien in dieser Höhle sehr begünstigt werden."

Neben dem Text waren Höhlenalpenveilchen und einige andere Schattenpflanzen abgebildet.

„Was sind Toxine?", fragte Utalon nun dazwischen.

„Gifte", sagte Fanina lächelnd. Sie las weiter:

„Der Sage nach hat im 17. Jahrhundert ein Drache in der Negernhöhle gehaust. Einige Häuser in der Umgebung sind damals abgebrannt. Deshalb haben mehrere Drachentöter versucht, den Drachen in dem Höhlensystem zu finden und zu töten. Doch ohne

Erfolg. Einmal soll dort sogar eine Gruppe von acht Landsknechten spurlos verschwunden sein."

Fanina sah Utalon fragend an.

„Wenn es ein goldener Drache war, dann könnte er immer noch am Leben sein und keiner hätte es jemals gemerkt", sagte diese aufgeregt. „Wir müssen diese Höhle unbedingt einmal besuchen."

Florian spürte Utalons unbändige Neugier und meinte spontan:

„Ich bin dabei, denn ich würde gerne wissen, ob es da wirklich noch irgendwo einen Drachen gibt." Im Stillen dachte er: Wenn das jemand herausfindet, dann nur Utalon. Sie hat die beste Nase.

Fanina fuhr weiter fort mit dem Lesen:

„Die Portalverbindungen zwischen den drei großen Höhlensystemen in Cerninia, nämlich zwischen der Ariadne-Höhle, der Schmalschluchter Negernhöhle und der Harzheimer Gletscherhöhle, sind die Grundlage der Zwölf-Höhlen-Theorie von Gustav Wagenbrech. Höhlenzeichnungen in den übrigen neun Höhlen deuten darüber hinaus auf die Existenz von verschütteten Portalen auch zu den kleineren Höhlen hin."

Alle hatten Fanina gebannt zugehört. Florian nahm ihr jetzt das Buch aus den Händen und las den Text noch einmal für sich. Auch die Sätze, die der Passage folgten, die Fanina vorgelesen hatte, fesselten seine Gedanken. Irgendetwas war daran sehr wichtig. Aber was?

Traudel Quellner stand von ihrem Stuhl auf und ging zu Florian, der zwischen Fanina und Utalon saß. Sie hockte sich neben ihm nieder und blickte ebenfalls in das Buch.

„Hey, ich hab das Buch entdeckt. Das wird bestimmt die Grundlage unserer gemeinsamen Arbeit. Hättest du vielleicht Lust, mit mir die Theorie zu diskutieren, ob Höhlenalpenveilchen als Schlüssel für die Gesteinsportale in Cerninia genutzt werden könnten?"

Traudel hatte ihre Hand auf Florians Schulter gelegt und lächelte ihn vertraulich an. Florian spürte die Wärme und war plötzlich wie gelähmt. Diese Stimme schläferte sein Denken ein. Ein Ja lag ihm auf den Lippen, aber er sprach es nicht aus.

Utalon hatte sich währenddessen Traudel leise von hinten genähert und gab ihr nun einen so heftigen Stoß, dass diese das Gleichgewicht verlor und nach vorne gegen den Tisch prallte. Als sie sich dort abstützen wollte, zog Utalon an ihrem Pullover und das Mädchen knallte nach hinten auf den Boden. Wütend richtete sich Traudel auf und fauchte:

„Lass das, du blöde Kuh! Und gib mir das Buch wieder, ich hab's gefunden."

„Jetzt ist es unser Buch! Kriegst es zurück, wenn wir damit durch sind", erwiderte Utalon.

„Traudel, du bekommst es gleich wieder", mischte sich nun Florian beschwichtigend ein. Der Knoten in seinem Kopf war geplatzt. „Ich will nur noch mal was überprüfen."

Er tätschelte Utalons Hand und blätterte noch einmal die Seiten des Kapitels durch. Irgendetwas war hier wichtig, aber er kam immer noch nicht drauf. Gedankenverloren sah er Traudel an, die ihn grimmig anblickte. Utalon dagegen war wieder völlig entspannt, fast gleichgültig.

Kurz darauf verließen die vier Cerninia-Praktikanten die Altdrachensteiner. Nur Alfred Löchner blieb noch einen Moment. Verlegen hielt er zwei Bücher hoch und sagte:

„Ich wollte mich für die anderen entschuldigen. Eigentlich ist Nanea ganz nett, doch Traudel behandelt sie immer wie der letzte Dreck. Dabei ist sie selbst oft peinlich und vor allem neugierig."

Er blickte sich unsicher um.

„Ich habe auch etwas Elfenblut in meinen Adern, aber das wissen hier zum Glück nur wenige. Denn oft werden Elfen oder Gemischtrassige in Cerninia zum Sündenbock für was auch immer gemacht. Wenn ihr irgendwelche Hilfe braucht, dann wendet euch ruhig an mich."

Alfred hatte fast die ganze Zeit Fanina angeschaut. Nun verabschiedete er sich von allen und verschwand ins Portal. Florian hatten Alfreds Worte wieder an die Warnung von Rufus erinnert. Sie mussten unbedingt auf Utalon aufpassen!

~~~

Florian erwachte mitten der Nacht davon, dass jemand seine Hand berührte. Jemand hielt sein Handgelenk sanft umschlungen. Statt zu erschrecken fand er es schön. Erst als er die Augen öffnete, erschrak er. Ein seltsames bläuliches Licht stieg vom Boden empor. Er drehte seinen Oberkörper ein Stückchen und lugte vorsichtig herunter. Da lag tatsächlich Utalon auf ihrer Matratze neben ihm und hielt seine Hand, während er geschlafen hatte. Sie musste sich in der Nacht in das Zimmer der Jungen geschlichen haben, um heimlich in zwei Büchern zu lesen. Die blaue Lichtkugel zeugte davon. Darüber ist sie wohl eingeschlafen und hat dann im Schlaf meine Hand gesucht, dachte er. Dann fiel sein Blick wieder auf die Bücher, die gar nicht hier sein durften.

Neugierig streckte er den Arm aus und griff nach den beiden Wälzern. Das eine war das Buch mit der Zeichnung von dem goldenen Drachen, den Utalon so sehr bewundert hatte. Florian lächelte kopfschüttelnd. Das andere Buch war das, welches Nanea ihm auf den Tisch gelegt hatte. Wie Utalon es wohl angestellt hatte, die beiden Bücher aus der Bibliothek herauszuschmuggeln? Und warum sie gerade diese Bücher mitgenommen hatte?

Interessiert zog Florian das Buch von Nanea zu sich herüber und warf einen Blick hinein. Seltsamerweise folgte die blaue Lichtkugel dem Buch, das in mehrere Abschnitte unterteilt war.

Der erste Abschnitt handelte von einem Boten des Lichts, dessen Geschichte genauso begann, wie das, was ihm selbst passiert war – allerdings über 400 Jahre früher: „Man schrieb das Jahr 1613. Es gärte zwischen den Magiern und den Elfen in der Enklave Cerninia. Die Drachen hatten sich in die Berge zurückgezogen. Nichts deutete daraufhin, dass sich die Lage beruhigen würde. Immer wieder überfielen Magier einsam gelegene Elfenhöfe und vertrieben oder töteten die Bewohner. Da sammelten die Elfen ein großes Heer und zogen zur Zitadelle von Cerninia, um diese zu belagern, denn dort hauste der Orden der Portal-Magier, der hinter den Überfällen steckte und dessen Mitglieder ihre Identität hinter schwarzen Masken und blauen Umhängen verbargen. Die Magier besiegten die Elfen in einer vernichtenden Schlacht und schickten daraufhin ihre Soldaten in die drei

Elfentäler. Dort vertrieben sie die Bewohner hoch in die Berge, sodass unter den Elfen eine entsetzliche Hungersnot ausbrach. Eines Tages fand jedoch ein Elf einen magischen Eichenstock, der in Wirklichkeit ein mächtiger Zauberstab war und einen goldenen Drachen erschuf. Die Elfen zogen mit dem Drachen an einen Ort, an dem eine neue Enklave gegründet werden sollte. Doch schon bei der Ankunft überfiel ein halbes Dutzend Magier mit schwarzen Masken die Elfen und tötete den Drachen. Sie hatten von der magischen Prozedur erfahren. Doch der Bote des Lichts entkam mithilfe eines elfischen Gelehrten. Die beiden fanden Zuflucht in einer nahe gelegenen Höhle, in der es eine seltene Art von Alpenveilchen gab. Ihre magischen Eigenschaften waren so überwältigend, dass sie begannen, diese Blumen zu züchten. Eines Tages spürten einige Magier sie auf. Der Bote des Lichts und der elfische Gelehrte mussten erneut fliehen und verschwanden für immer. Sie hinterließen jedoch eine sehr seltene Libellenart: Silberwaldlibellen. Erst nach vielen Jahren fanden die Magier heraus, dass diese Insekten der Zauberkunst der Magier sehr gefährlich werden konnten."

Florian suchte nun nach dem Namen des Autors. Er fand ihn am Anfang der Geschichte. Sein Name war Albertus Hunuan. Dann übersprang er einige Abschnitte, in denen über die Hintergründe und den genauen Ablauf dieser Geschichte spekuliert wurde. Ihn interessierte die Antwort auf die Frage, warum diese Libellen dem Zaubern der Magier gefährlich werden konnten. Er las weiter. Wieder folgten einige vage Erklärungsversuche für diesen Vorfall, die der Junge ebenfalls übersprang. Er kam zum letzten

Abschnitt. „Hexenverfolgungen in Cerninia gegen Ende des 17. Jahrhunderts" lautete die Überschrift und im Folgenden wurden exemplarisch einige Schicksale aufgeführt. Florian wollte das Buch schon zuklappen, als sein Blick auf einen Namen fiel: Antonia Hunuan.

„Antonia Hunuan wurde vorgeworfen, sie sei mit dem Teufel im Bunde. Magier hätten sie dabei gesehen, wie sie sich in eine fliegende Hexe verwandelt und Magier getötet habe. Eines Tages hatte man Antonia Hunuan in ihrer entlegenen Berghütte aufgespürt und in die Zitadelle von Cerninia gebracht. Dort wurde ihr der Prozess gemacht und sie wurde zum Tod auf dem Scheiterhaufen verurteilt. Doch in der Nacht vor ihrer Hinrichtung verschwand sie spurlos aus ihrer Zelle, obwohl sie angekettet und die einzige Tür von zwei Wächtern bewacht worden war. Trotz einer intensiven Suche in allen Winkeln der Enklave blieb sie verschwunden. Da half auch nicht die hohe Belohnung, die auf ihren Kopf ausgesetzt wurde."

Ob sie eine Elfin gewesen war und einen Drachen gehabt hatte, fragte sich Florian. Er war müde und fasziniert zugleich. Was mochten diese beiden Geschichten gemeinsam haben? Der Name Hunuan tauchte immer wieder auf, selbst der Autor des Buches hieß so. Das war seltsam. Doch Florian war zu schläfrig, um über die Geschichten nachzudenken. Schließlich hörte er Utalons leise pfeifenden Atem. Da musste er lächeln und die Augen fielen ihm fast zu.

Als er das Buch vorsichtig neben dem Drachenmädchen zurück auf die Matratze legte, folgte die blaue Kugel seiner Bewegung. Florian richtete seine Augen überrascht auf den Lichtschein und sah, wie die Kugel das Buch nun an einer Seite berührte, sich dann in eine Scheibe verwandelte und zwischen den Seiten im Innern verschwand. Was ist das?, überlegte der Junge. Doch er war einfach zu müde und schlief deshalb über dieser Frage ein.

~~~

Spät in der Nacht standen drei Männer vor dem Haus in der Pensionsgasse 13. Schwarze Masken bedeckten ihre Gesichter und sie trugen dunkle Umhänge und spitze, schwarze Hüte.

„Weißt du, welches Zimmer es ist?", fragte einer der beiden kleineren Männer den großen.

„Ich vermute, sie sind im ersten oder zweiten Stock. Dort bringt die Alte normalerweise ihre Gäste unter. Du bleibst hier und passt auf", meinte dieser gelassen.

Dann gingen die Männer zum Eingang. Der Hüne richtete seinen Zauberstab auf die Tür. Ein kleiner Strahl traf das Schloss und sie schwang langsam auf. Lautlos traten zwei der Männer ins Haus, während der dritte sich in eine dunkle Ecke zurückzog und die Straße beobachtete.

Ein weiterer Schatten, verborgen hinter einem Mauervorsprung und umhüllt von Dunkelheit, hatte das Treiben vor dem Haus mit dem Schild 13 aus einiger Entfernung beobachtet. Er verharrte auf seinem Posten und nahm besonders die Ecke ins Visier, in der sich der dritte Einbrecher versteckt hatte.

Währenddessen löste sich im Haus eine kleine, rote Kugel aus dem Zauberstab des Anführers und schwebte dicht über den Boden zur Treppe. Lautlos folgten ihr die Männer durch den Flur und stiegen leise die Holztreppe hinauf. Als eine Stufe unerwartet quietschte, hielten sie in ihren Bewegungen inne. Doch nichts geschah und nach einer Minute schlichen sie weiter. Der erste Raum, den sie öffneten, war winzig klein und voller Gerümpel. Dann richtete der Große seinen Stab auf die zweite Tür. Leises Schnarchen tönte den beiden entgegen. Die Kugel schwebte in den Raum und verharrte kurz vor einer Matratze, die auf dem Boden lag. Geräuschlos folgten die Männer. Blonde Haare schauten unter der Bettdecke hervor, dennoch schien sie etwas Unförmiges zu bedecken. Die Leuchtkugel wanderte zum Nachttisch weiter. Der Blick der beiden Einbrecher wurde von einem kleinen Stab gefesselt. Langsam bewegte sich der Hüne zwischen Bett und Matratze darauf zu. Er streckte den Arm aus und berührte dabei leicht das Metallgehäuse eines Weckers. „Kikeriki, Kikeriki, Kikeriki ...", begann das Gerät sofort.

Überrascht hielt der große Mann in seiner Bewegung inne. Dann griff er energisch nach dem Zauberstab auf dem Nachttisch.

„Ich habe dich gewarnt", knurrte da eine tiefe Stimme unter der Bettdecke und ein großes, unförmiges Wesen kam darunter hervor. Der Anführer drehte sich um. Er wollte davonrennen, bis er den Schrecken im Gesicht seines Komplizen sah.

„Ein Mo... Mo... Mon...ster", stotterte dieser. Die rote Kugel erlosch und die beiden Männer rannten zur Treppe. Utalon, denn niemand anderes war das Wesen, kam auf die Beine. Doch die Stiefel waren bereits auf der Treppe nach unten zu hören.

„Kikeriki, Kikeriki, Kikeriki", kreischte der Wecker wieder. Die Einbrecher stürzten aus dem Haus und dann die Straße entlang Richtung Marktplatz. Der dritte Mann folgte ihnen schnell. Auch der geheimnisvolle Beobachter, ein paar Häuser entfernt, wollte ihnen hinterherrennen, bis er sah, dass sich ein riesiger Vogel auf das Balkongeländer gesetzt hatte. Nun wartete er ab, was der Vogel unternehmen würde. Der hob ab und flog den Einbrechern nach. Doch er schien sie nur zu beobachten, denn er kreiste weit oben über ihnen.

Die drei Männer überquerten den Marktplatz und verschwanden in einer dunklen Gasse. Schließlich erreichten sie ein großes, alleinstehendes Haus. Dort löste sich der Anführer von seinen beiden Kumpanen, öffnete eine Pforte und klopfte an die Tür. Es dauerte eine Weile, dann öffnete sich die Tür und ein großer, stämmiger Mann in einem schwarzen Umhang mit Zauberstab in der Hand öffnete. Der Einbrecher verbeugte sich und reichte ihm den Zauberstab. Er erhielt dafür ein paar Münzen. Nachdem er sich bedankt hatte, kehrte er zu seinen Kumpanen zurück und verschwand mit ihnen in der Dunkelheit.

In der Zwischenzeit hatte sein Auftraggeber das Arbeitszimmer betreten. Dort richtete er den Stab auf einen Holzklotz, sprach einen Zauber und ein mächtiger blauer Lichtstrahl traf das Holz. Er schien sogar durch den Klotz hindurchzugehen, denn auf der anderen Seite traten eine Vielzahl dünner Lichtstrahlen unterschiedlicher Farbe aus dem Holz aus und brannten Löcher in ein breites, dahinter liegendes Pergament. Der Mann setzte sich auf einen Sessel und betrachtete fasziniert den Bogen, während er sich seinen Bart rieb.

„2089", murmelte er. „Es stimmt tatsächlich." Das musste die Primzahl zum Öffnen des Portals sein. Doch wie konnte das sein? Die Drachenprimzahl war

571 mit der Quersumme 13. Und dieser Zauberstab hatte die Quersumme 19. Gab es Drachen mit einer abweichenden Primzahlenstruktur? Nachdenklich rieb er sich seine lange Nase.

„Dann wollen wir mal sehen, ob der Zauberstab auch wirklich schafft, was er uns verspricht."

Er richtete den Stab auf einen faustgroßen Gesteinsbrocken, der auf seinem Schreibtisch lag und murmelte einen Zauberspruch. Der Felsbrocken verwandelte sich in eine viermal so große bläuliche Lichtkugel. Die Faszination des Mannes verwandelte sich in Staunen.

„Es funktioniert wirklich", flüsterte er gebannt.

Dann tastete er mit dem Finger in das Licht. Als er ihn zurückzog, verdichtete sich das Licht mit einem leichten Grollen wieder zu Stein. „Damit wäre das Rätsel um den blauen Magiumsuavit also gelöst", murmelte er. Endlich hätten sie nun den Schlüssel, um in die Höhle zu gelangen, in die sie schon seit Jahrzehnten wollten. Sie mussten es nur mit zwei oder drei Zauberstäben auf einmal versuchen, die zusammen genau diese magische Struktur besaßen.

Der Mann war so in Gedanken vertieft, dass er nicht merkte, wie sich vor dem Fenster seines Arbeitszimmers ein riesiger Vogel niederließ und ihn beobachtete. Er merkte auch nicht, dass das Fenster sich lautlos öffnete, und er spürte ebenso wenig den Lichtstrahl, der ihn betäubte. Der Vogel nahm den zu Boden gefallenen Zauberstab in eine seiner Krallen. Dann suchte er mit scharfem Blick die Regalreihen voller Aktenordner an der Wand ab. Ein Name tauchte dabei immer wieder auf: Ovid Pegasus. Zwei kleine Kärtchen, die auf dem Schreibtisch gelegen hatten, verschwanden ebenfalls. Danach kehrte der Vogel zurück zum offenen Fenster und verschwand draußen in der Dunkelheit.

8

Die Schmalschluchter Negernhöhle

Als Florian am nächsten Morgen aufwachte, war Utalon samt ihrer Matratze aus seinem und Torbens Zimmer verschwunden. Beim Frühstück traf er sie wieder, doch die Geschichten, die er in der Nacht gelesen hatte, beschäftigten ihn immer noch sehr. Erst, als Utalon mit der Nachricht herausplatzte, dass in das Zimmer der Jungen eingebrochen worden sei, war seine Interesse geweckt.

„Sie waren wohl zu dritt, aber nur zwei betraten Florians und Torbens Zimmer. Zum Glück hatte ich vorsorglich den Wecker verzaubert, aber das blöde Ding hat leider zu spät gekräht, um ihnen einen Schrecken einzujagen. Als sie mich entdeckt haben, sind sie geflüchtet", begann sie aufgeregt.

„Sie hatten es auf meinen Zauberstab abgesehen. Ich bin ihnen gefolgt und habe mir den Stab wieder zurückgeholt – und das hier."

Utalon zeigte ihnen zwei Visitenkarten: „Ovid Pegasus, Professor für magische Mythologie und Zauberkunst" stand auf der einen und „Serverus Falkenauge, Diskrete Beschaffung magischer Informationen" auf der anderen.

„Pegasus wollte meinen Zauberstab. Er hat Falkenauge beauftragt, ihn zu klauen."

Ungläubig schauten die beiden Jungen und Fanina Utalon an. Torben erholte sich am schnellsten von dem Schrecken und sagte:

„Professor Pegasus hat zwar einen schlechten Ruf, aber er ist immerhin stellvertretender Direktor der Universität. Den Namen Falkenauge habe ich noch nie gehört. Wenn das mit dem Einbruch wirklich wahr ist, dann stecken wir ziemlich in der Klemme."

„Wenn sie den Zauberstab haben wollen, dann haben sie uns im Blick", überlegte Fanina. Und nun endlich berichtete Florian den anderen, dass Rufus Kwantentorf ihn gewarnt hatte. Dass es das Gerücht gebe, ein neuer Drache hielte sich in der Enklave auf und dass die Magier vom Orden der Portalmaurer, allen voran von Galgenberg, alles daran setzen würden, ihn zu finden und umzubringen.

Betroffen schwiegen sie eine Zeitlang, doch da die Gefahr für sie nicht so richtig greifbar war, beschlossen sie, jemanden zu fragen, der sich in der Enklave auskannte.

„Wir könnten Nanea fragen", erwog Fanina.

„Oder Alfred Löchner", meinte Florian. „Er hat uns doch angeboten, uns zu helfen."

„Ihr könnt doch niemanden von hier fragen, ob ich wirklich in Gefahr bin, wenn ihr nicht ganz sicher seid, dass er meine Anwesenheit nicht verrät", sagte Utalon entsetzt.

„Nur Nanea kommt in Frage", sagte Fanina bestimmt, „denn sie ist eine Elfe."

Florian nickte und erzählte von dem Mal, das er im Nacken des jungen Mädchens gesehen hatte. Alle vier überlegten, dann kam Fanina ein Gedanke:

„Wir müssen Nanea fragen, was sie uns rät, und auch, warum sie uns das Buch gegeben hat."

Florian und Utalon stimmten ihr zu.

„Und ich finde, wir sollten versuchen herauszufinden, wie sie mit Nachnamen heißt. Vielleicht auch Hunuan?", erwog Torben.

„Wie können wir sie finden?", fragte Florian.

„Ich werde mal Rufus Kwantentorf fragen", erwiderte Torben.

~~~

Nach dem Frühstück trafen sich die Praktikanten mit Rufus Kwantentorf im Lesebereich der Geschichts-und-Mythologie-Bibliothek.

Rufus war angetan von der großen Ausbeute an Informationen, die die Altdrachensteiner schon in so kurzer Zeit zusammengetragen hatten. Deshalb zeigte er sich sehr hilfsbereit: Die Ariadne-Höhle sollten sie am besten weglassen, denn magische Aktivitäten gebe es dort nur bei Vollmond. Zwar sei das Farbenspektakel der Pflanzen sehenswert, aber das könnten sie sich auch noch nach Abschluss der Praktikumsarbeit anschauen. Auch die kleineren Höhlen würden ihnen bei ihrem Thema nichts nützen. So sollten sie sich besser auf die beiden großen Höhlen, die Schmalschluchter Negernhöhle und die Harzheimer Gletscherhöhle, konzentrieren. Diese beiden Höhlen seien bei allen geschichtlichen oder mythologischen Untersuchungen über die Vergangenheit von Cerninia ein Muss.

„Ist ein toller Ausflug",sagte Rufus. „Wenn ihr jetzt losgeht, könnt ihr es noch bis zwölf Uhr schaffen, oben zu sein. Dort mietet ihr euch zwei Boote, fahrt über den Gletschersee und seid in zehn Minuten am Höhleneingang. Es gibt nur einen Rundgang, den ihr möglichst nicht verlassen solltet. Sonst findet ihr nicht wieder zurück. Viel Glück bei der Suche! Ich habe jetzt leider ein paar wichtige Termine."

Dann verabschiedete sich der Betreuer und verschwand.

Eine halbe Stunde später machten sich die Praktikanten auf den Weg. Sie hatten keine Schwierigkeit, den Serpentinenweg hinauf zum Gletscher zu finden.

„Achthundert Meter Höhenunterschied", klagte Torben.

„Ich trage den Rucksack, nicht du", meinte Florian gelassen.

Die Praktikanten aus Cerninia hatten keine Probleme mit dem steilen Weg. Sie waren den Altdrachensteinern weit voraus, und schauten hin und wieder zurück. Dabei war es Utalon, die am meisten trödelte und zurückblieb, was sonst gar nicht ihre Art war. Einige Zeit später kamen die Freunde an einen riesigen Gletschersee. Eine kleine Hütte stand am Ufer, neben der ein Steg in den See hinausführte. Ein Dutzend Ruderboote waren daran vertäut. In der Mitte des Sees erblickten sie ein Boot, in dem die Cerninia-Praktikanten saßen. Als sie beratschlagten, was sie nun tun sollten, entdeckten sie im Schatten der Hütte einen alten, grauhaarigen Mann mit verbundenen Augen. Vor sich hatte er ein über drei Meter langes Instrument, das an ein Alphorn erinnerte. Es schien, als ob er Atemübungen machte.

„Wir wollen zur Negernhöhle. Sind wir hier richtig?", fragte Florian.

Der alte Mann blies weiter in das Horn und plötzlich erscholl ein schreckliches Geräusch. Utalon hielt sich die Ohren zu. Torben, der am Ende der langen Röhre stand und sich gerade die Nase geputzt hatte, knüllte das Papiertaschentuch nun ärgerlich zusammen und warf es in die große Öffnung. Dann machte er drei schnelle Schritte auf den Holzbläser zu und funkelte ihn wütend an. Der Lärm erlosch. Der Alte fluchte und nahm die Augenbinde ab.

„Ein Boot für einen Tag macht zehn Kronen plus fünfzig Kronen Kaution."

Als die Altdrachensteiner die beiden Ruder und ein Paddel bekommen hatten und gerade ins Boot stiegen, ertönte wieder ein schreckliches Geräusch von der Hütte. Der alte Mann hatte anscheinend sein Horn erneut in Betrieb genommen. Utalon und Fanina hielten sich die Ohren zu und die Jungen legten sich mächtig in die Ruder. Als sie weit draußen auf dem See waren, sprudelte es aus Torben heraus:

„Ich war schon mal hier. Der Lärm des Alten ist keinen Deut besser geworden, kann ich euch sagen. Ist euch eigentlich aufgefallen, was für ein Emblem auf seinem Horn eingeschnitzt ist?"

„Eine verschrumpelte Sumpfechse", meinte Utalon.

„Quatsch, das war ein Totenkopf", war sich Florian sicher.

„Genau", bestätigte Torben. „Das war ein Troll-Totenkopf, der hat früher die bösen Geister vertrieben. Der Alte will verhindern, dass sie aus der Negernhöhle in seine Hütte kommen. Als ob er sie damit vertreiben könnte. Lächerlich!"

„Ich finde, dass er den Bogen raus hat", sagte Utalon. „Wenn ich ein Geist wäre, dann würde ich mich niemals in diese Hütte mit diesen merkwürdigen Geräuschen trauen."

Kurz darauf hatten sie die andere Seite des Sees erreicht. Am Ufer warteten bereits die anderen Praktikanten.

„Und hat euch das Schauerkonzert des alten Kauzes gefallen?", fragte Traudel.

„Ach, das ist doch nicht so schlimm. Der Alte ist eben im falschen Jahrhundert geboren", meinte Alfred.

Dann machten sich die Jugendlichen auf den Weg, der durch ein kleines Tannenwäldchen führte, und vor einem drei Meter hohen und ebenso breitem Höhleneingang endete. Ein kleines Bächlein plätscherte daraus hervor und ein schmaler Weg schlängelte sich in die Dunkelheit. Sie betraten die Höhle und düstere Stille hüllte sie ein. Von irgendwoher war nur hin und wieder das sanfte Gluckern von Wasser zu hören. Rote Lichtkugeln krochen aus Traudels und Faninas Zauberstäben und beleuchteten den Pfad. Irgendwann verengte sich der Weg und das Wasser rieselte unter Holzbohlen über Steine. Dann lag plötzlich ein riesiger See vor ihnen. Ein Schild mit der Aufschrift „Rundweg (1 Stunde)" wies ihnen die Richtung.

Nach einer knappen Viertelstunde endete der Weg. Der See stieß gegen eine Felswand und eine Klettertour durch mehrere kleinere Höhlen begann. Dann erreichten sie wieder eine größere Höhle, in der sie ein brillantes Farbenmeer erwartete, das von einem riesigen Kristall an der Decke entfacht wurde. Florian dachte, dass diese Höhle Ähnlichkeit mit der Kristallhöhle in Altdrachenstein habe.

„Das finde ich auch", murmelte Utalon, die seine Gedanken lesen konnte. „Hier haben früher bestimmt Drachen gehaust", fügte sie bestimmt hinzu.

„Das hier ist die eigentliche Negernhöhle mit einem Lichtplasma-Kristall dort oben, auch Sonnenlicht-Kristall genannt", sagte Alfred. „Und an den Wänden dort drüben, das dunkelblau schimmernde Gestein, das sind Numin-Kristalle. All diese bunten Lichter werden von den Magiumsueviten dahinter im Gestein erzeugt."

„Oh", sagte Torben beeindruckt und kam dicht an ihn heran. „Und was sind das für kleine Pflanzen darunter?"

„Die sehen aus wie Höhlenalpenveilchen", stellte Florian fest.

Utalon ging näher heran und roch mit ihrer Nase daran. „Tatsächlich", meinte sie und befühlte eine Pflanze. Doch dann schien ihre Aufmerksamkeit von etwas Neuem gefesselt zu werden. Schnüffelnd ging sie an dem Gestein entlang und hielt vor einer dunklen Felsenwand inne. Dort tastete sie das Gestein ab und hatte plötzlich ein totes Stückchen Pflanze in der Hand.

„Höhlenfarnkraut", murmelte sie. „Schau mal, Fanina. Hier ist anscheinend ein Elfenschloss." Fanina kam neugierig näher.

„Ja", flüsterte sie. „Das ist ein Elfenschloss."

Sehnsucht lag in ihrer Stimme und in ihren Augen. Florian, der näher gekommen war, befühlte nun auch die tote Pflanze. Er wusste, dass sie in Wirklichkeit lebte und binnen Sekunden den Felsen vor ihnen öffnen würde, wenn nur die richtige Formel gesprochen wurde. In Altdrachenstein waren er und Utalon auf diese Weise vor den Söldnern von Galgenbergs geflohen.

„Wir müssen die anderen irgendwie loswerden und dann werden wir dieses Tor öffnen", sagte er leise.

Fanina und Utalon nickten. Und so folgten sie zunächst Torben und den anderen Praktikanten. Nach einer weiteren halben Stunde hatten sie zwei weitere Höhlen durchquert und waren zum Eingang der Höhle zurückgekehrt. Von dort gelangten sie zurück zum See. Dieses Mal blieb Fanina zurück, sodass die Cerninia-Praktikanten beschlossen, schon mal auf die andere Seite zu rudern, während die Altdrachensteiner auf Fanina warten wollten. Kaum waren die Ruderschläge verklungen, überzeugte Florian Torben davon, umzukehren und das Elfenschloss in der Negernhöhle zu öffnen. Dann standen sie erneut vor dem Höhlenfarnkraut.

„Uslukan!", sprach Fanina. Das tote Kraut ergrünte und blühte binnen einer Minute auf. Ein Glitzern durchfuhr die schwarze Wand vor ihnen, sie schimmerte kurz auf, doch nichts weiter geschah. Erstaunt schüttelte Fanina den Kopf. Dann versuchte sie das Gestein mit den Fingern zu berühren. Da merkte sie, dass es magisch geworden war. Die Finger tauchten in den Fels ein, als ob dieser gar nicht existieren würde. Fanina schritt schließlich einfach durch die magische Wand hindurch und die anderen folgten ihr.

Ein finsterer Gang lag hinter der Wand, der aber schon nach wenigen Metern vor einem behauenen Felsen endete. „Ein Portal", murmelte Fanina mit verzücktem Gesicht. Zwei Schriftzüge, die einen Löwenkopf umschlossen, waren über dem Portal in den Fels eingelassen. Aus dem Maul des steinernen Tieres sprühten Funken. Die Augen waren schwarze

Höhlen, aus denen Kugeln von silbernem Licht drohend zu ihnen herabfunkelten.

„Was steht da?", fragte Torben das Elfenmädchen ängstlich. Auch Utalon schaute sie fragend an. Fanina ging zu dem Löwenkopf und blickte ihm in die Augen.

„Es ist nur ein Elfenrätsel: ‚Wer begleitet dich den ganzen Tag? Wer beschützt das Leben?' ", las Fanina und zog ihren Zauberstab. *„Sugil mena stairno!"*, sagte sie. Der Löwenkopf verschwand und und das dunkle Gestein des Portals verwandelte sich in eine rosa leuchtende Wand.

Zufrieden lächelte die Elfin die anderen drei an, machte einen Schritt in die Wand hinein und war verschwunden. Utalons Augen folgten ihr fasziniert, dann trat auch sie nach vorne und verschwand ebenfalls. Florian wollte dem Drachenmädchen nach, doch Torbens Hand hielt ihn zurück. Überrascht schaute Florian seinen Freund an. Er sah die Angst in Torbens Augen.

„He, es wird alles gut gehen", sagte er aufmunternd und zog nun seinerseits an der Jacke seines Freundes.

Die beiden Jungen stolperten in die leuchtende Wand und verloren den Boden unter den Füßen. Doch das anfängliche Gefühl, in die Tiefe zu stürzen und irgendwo aufzuprallen, wich schnell, denn ein stürmischer Aufwind schien ihre Körper in der Luft zu stabilisieren. Die rosa Luft um sie herum rotierte ein paar Sekunden, dann öffnete sich der Dunst und sie fielen auf hartes Gestein. Schnell rappelten sie sich auf und liefen auf die Mädchen zu, die auf einem idyllischen Waldweg warteten. Als sich die Jungen umschauten, war der Nebel hinter ihnen verschwunden. Nur ein paar dichte, große Büsche standen vor einer steilen Felswand.

Eine kleine Lichtung, umsäumt von riesigen Kiefern, ließ erahnen, dass dies ein magischer Ort war. Es roch intensiv nach Harz. Acht Holzkreuze waren auf einer Seite des Weges aufgereiht. Verrostete Schwerter und Speerspitzen lagen davor oder ragten aus dem Boden. Ein unheimlicher Ort, der die Jugendlichen schaudern ließ.

Einige Krähen kreisten über den Bäumen und schienen sie aufgeregt zu beschimpfen. Das wütende Krächzen tönte grell in ihren Ohren. Plötzlich stieß eine herab und flog dicht über Faninas Kopf hinweg. Auch Torben wurde angegriffen. Doch die Elfin ließ sich nicht beirren und ging schweigend den Weg entlang. Die anderen folgten ihr. Dann war es mit einem Mal unheimlich still. Als sich der Waldweg öffnete, blickten sie in ein Tal hinunter, in dem sich einige merkwürdig verformte Bäume befanden. Auf einer Seite erstreckte sich ein See, über dessen Wasser in der Ferne ein dichter Dunstvorhang lag, genauso wie an den Wald- und Felshängen rundherum. Das Tal mochte vielleicht gut einen Kilometer Durchmesser haben. Riesige Bäume streckten sich in die Höhe, deren Kronen ein merkwürdiges und doch zartes Geflecht von Ästen, Blättern und Ranken bildeten. Kletterpflanzen wuchsen an den Stämmen empor und zierten sie mit ihrer üppigen vielfarbigen Blütenpracht. Vögel tummelten sich auf den Ästen oder huschten durch die Blätter, hin und wieder von Eichhörnchen gejagt.

„Eine kleine Enklave", flüsterte Fanina fasziniert. Über ihnen schien die Sonne von einem blauen

Himmel herab. Einige Vögel kreisten dort oben. Schafe und Kühe weideten auf saftigen Wiesen weiter unten im Tal. Die Heuernte war im vollen Gang: An den steilen Hängen häufte sich überall das frisch geschnittene und gewendete Heu. Doch die mit dem Heuen beschäftigen Menschen waren nirgendwo zu sehen. Sogar die Sensen und Heugabeln lagen verlassen auf den Wiesen. Nachdenklich um sich blickend gingen die vier Jugendlichen langsam den Pfad nach unten.

Die merkwürdigen Bäume, die sie von oben gesehen hatten, entpuppten sich als kunstvoll gewachsene runde Häuser mit Blätterdächern. Es gab etwa ein Dutzend davon und ebenso viele Scheunen. Sie scharrten sich um einen kleinen Bachlauf, an dem sich eine Wassermühle drehte. Davor lag ein roter Kater wohlig ausgestreckt in der Sonne. Ein alter Schäferhund kam auf Fanina zu, schnupperte an ihr, ließ sich streicheln und kehrte dann zu seiner kleinen Hütte zurück. Doch kein Mensch ließ sich sehen, die kleine Ortschaft schien wie ausgestorben.

Mit einem Mal waberte aus einem kleinen Brunnen ein grauer Dunst, kroch über den Boden auf die Eindringlinge zu und hüllte sie unvermittelt ein. Der Dunst war so dicht, dass sie sich kaum noch gegenseitig erkennen konnten. Auch die Sonnenstrahlen verschwanden, sodass sie Dämmerlicht umgab. Zudem stieg ihnen ein Geruch nach Erde und Verwesung in ihre Nasen. Die vier Freunde rückten eng zusammen.

„Wo sind deine Leute?", fragte Torben Fanina.

„Sie beobachten uns. Der Dunst ist eine Drohung", antwortete sie. Sie hatte aufgehört zu lächeln. „Sie warten darauf, dass wir ihnen mitteilen, dass wir freundliche Absichten haben. Wir müssen ins Tal hinunter."

Die Elfin übernahm die Führung und tastete sich vorsichtig zur Mitte der Siedlung vor. Dort löste sich der Dunst auf. Eine riesige Eiche mit einem dichten Blätterwald stand schützend auf einem runden Platz. Einige Lavendelbüsche verbreiteten einen beruhigenden, wundervollen Geruch. Trotz des dichten Blattwerks war es weder dunkel noch unheimlich, denn ein helles, warmes Licht strömte durch viele kleine Löcher in dem grünen Dach. Fanina nahm ihren Rucksack ab und holte zwei Äpfel hervor. Diese legte sie unter den Baum. Dann setzte sie sich in einiger Entfernung auf den Boden und wartete. Die anderen folgten ihrem Beispiel. Nach einiger Zeit näherten sich die Schreie der Vögel und schließlich kreisten sie sogar über dem großen Baum.

Doch plötzlich klangen die Vögel wütend und stießen auf die kleine Gruppe herab. Besonders auf Utalon hatten sie es abgesehen. Dicht über ihrem Kopf schossen sie vorbei und schrien jedesmal wütend.

„Es hat heute keinen Sinn", sagte Fanina schließlich betrübt. Sie nahm ein Stück Papier aus ihrem Rucksack und schrieb etwas darauf. „Sie sind zu misstrauisch. Wir müssen es ein anderes Mal versuchen." Sie legte den Zettel neben die beiden Äpfel und dann verließen die vier das Dorf.

Doch kurz bevor sie den Waldrand mit dem Pfad zum Portal erreichten, fegte eine Staubwolke aus dem Wald auf die vier Jugendlichen zu. Mit einem Mal lösten sich aus den Schatten der Bäume zwölf stattliche Einhörner, die bedrohlich mit den Hufen scharrten und wütende Laute ausstießen. Die vier Jugendlichen waren erschrocken stehen geblieben. Florian und Torben stand die Furcht ins Gesicht geschrieben. Beide hielten ihre Zauberstäbe in den Händen. Selbst Fanina wirkte nicht mehr so selbstsicher, auch sie hatte ihren Zauberstab hervorgezogen. Nur Utalon schien keine Angst zu haben. Ihre Augen blitzten kampfeslustig und Funken sprühten aus ihrem Mund. Sie stand kurz davor, sich wieder in den Drachen zu verwandeln, der sie in Wirklichkeit war.

Inzwischen hatte Fanina ihren Zauberstab durch die Luft geschwenkt und etwas dazu gemurmelt. Feuerzungen schlängelten sich über den Boden und kreisten die Tiere ein, doch diese blieben völlig unbeeindruckt. Stattdessen kam nun ein starker Wind auf und blies den Freunden ins Gesicht, gepaart mit einem widerlichen Gestank. Oder war es wieder der Geruch nach Erde und Verwesung?

Fanina schwenkte ihren Stab ein zweites Mal. Erneut züngelten Flammen aus dem Boden vor den Tieren. Doch die formierten sich zum Angriff auf die Vier, die Köpfe tief gesenkt. Jetzt waren die Einhörner kaum noch ein Dutzend Meter entfernt. Die Lage schien aussichtslos zu sein. Da hörten die Jugendlichen plötzlich galoppierende Hufe hinter sich. Ein junger Rehbock überholte sie und stellte sich schützend vor sie. Die Einhörner blieben stehen, einige wieherten wütend und scharten erneut mit den Hufen. Doch der Rehbock bewegte sich nicht von seinem Platz. Majestätisch stand er vor den Freunden. Schließlich wandten sich die Einhörner ab und verschwanden im Wald.

Da erst kam der Rehbock langsam auf Fanina zu und blieb vor ihr stehen. Er schien auf etwas zu warten. Fanina fiel auf die Knie und fing an zu singen, in ihrer eigenen Sprache, der Elfensprache. Der Rehbock stupste sie sanft ein paar Mal mit seiner Nasenspitze an. Danach ging er zu den anderen Jugendlichen und wiederholte dieses Ritual. Auch wenn es ihm Mühe zu bereiten schien, Utalons Gesicht zu berühren. Doch das Drachenmädchen kraulte ihn zärtlich hinter den Ohren, worauf das Tier vertrauensvoll seinen Kopf auf ihre Schulter legte und so ein paar Sekunden verharrte. Dann galoppierte er zu einem der riesigen Bäume, wo er von einem Blätterregen eingehüllt wurde und verschwand.

„Was war das denn für eine Gang?", fragte Torben, dem immer noch der Schweiß auf der Stirn stand.

„Das waren Ewalon und seine Gefährten. Sie sind Elfen, aber heute haben sie sich in Tiere verwandelt, um die Magier zu täuschen, die sie erwartet hatten. Ewalon hat uns die ganze Zeit beobachtet. Er hat auch meine Nachricht gelesen, die ich neben dem Baum im Dorf hinterlassen habe. Ich habe ihm dann auch noch von unserer Enklave Altdrachenstein und den Elfen dort erzählt. Ewalon freut sich, dass wir übermorgen noch einmal herkommen wollen."

Fanina strahlte über das ganze Gesicht. Die Gefahr, in der sie gerade noch geschwebt hatten, schien vergessen zu sein. Sie beschlossen zurückzukehren und stiegen den Pfad zum Portal hinauf. Oben am Waldrand blickten sie sich ein letztes Mal um. Immer noch lag das Dorf dort unten wie ausgestorben. Doch das Schreien der Vögel hatte aufgehört.

„Ich habe meinen Namen und meinen Stammbaum aufgeschrieben, wo ich herkomme und dass ich eine Elfin bin und um ihre Gastfreundschaft bitte", sagte Fanina. „Und dass ihr Magier seid und Utalon ein Drache, ein befreundeter goldener Drache. Sie haben Angst vor Drachen, aber sie sind auch neugierig. Sehr neugierig. Und sie wollen wissen, wie man mit einem Drachen und Magiern in Frieden zusammenleben kann."

Als sie das Portal erreichten, waren die Holzkreuze und die Waffen, die sie auf dem Hinweg gesehen hatten, verschwunden. Nur die Spitze eines Speeres stach noch aus einem der Büsche hervor. Florian musste lächeln. Das Ende einer alten Drohung. Fanina hockte sich vor dem Busch nieder und roch daran.

„Das sind Nebelfarnblätter. Sie riechen nach Lavendel und machen unsichtbar, wenn man sie isst. In Altdrachenstein gibt es sie leider nicht."

Sie wollte ein Blatt pflücken, doch die Pflanze wurde unsichtbar, als sie die Hand danach ausstreckte. Auch Florian, Torben und Utalon versuchten es, doch mit ebenso wenig Erfolg wie die Elfin. Schließlich war die letzte Pflanze verschwunden.

„Es muss irgendeinen Trick dabei geben, wie man die Blätter pflückt", stellte Fanina fest. „Leider kenne ich ihn nicht, doch ich werde es herausfinden."

9
Die Harzheimer Gletscherhöhle

Die Altdrachensteiner Schüler hatten mit den Cerninia-Praktikanten abgemacht, dass sie sich am nächsten Morgen direkt an der Talstation der Seilbahn treffen wollten, die hinauf zur Harzheimer Gletscherwiese führte. Dort oben wollten sie zusammen die Gletscherhöhle besichtigen.

Als sie sich um neun Uhr vor der Talstation der Seilbahn trafen, schaufelte ein alter Mann, der wie ein Schornsteinfeger gekleidet war, eine Schubkarre mit Kohlen voll. Er sah die Jugendlichen und schnaufte ein erschöpftes „Dauert noch". Schließlich schob er die Karre in die Seilbahnstation und schüttete die Kohlen vor einer Gondel auf den Boden. Dann öffnete er eine kleine Luke in der Gondel, in der ein glühendes Feuer brodelte. „Nur Widu-Kohle verfüllen!" stand darüber. Aus einem Schornstein im Dach der Gondel quoll stinkender Rauch und verpestete die Luft im oberen Teil der Halle. Zum Glück pustete ihn ein Gebläse nach oben aus der Halle heraus. Als der Mann mit dem Befüllen fertig war, fragte Utalon ängstlich: „Müssen wir wirklich in dieses Ding da rein?" Sie deutete auf die Gondel.

„Das ist doch toll", sagte Torben und zeigte auf ein anderes Schild: „Mit der Seilbahn hinauf zum Gletscher. Dampfgetriebene Seilbahn mit Kessel in der Kabine. Hohlmeyers Dampfseilbahn. Baujahr 1893." Er war begeistert von diesem Wunderwerk der Technik und Alfred erklärte ihm die Details:

„Das ist die einzige Dampfseilbahn in den Alpen! Einzigartig! Ein technisches Wunderwerk! Sogar mit einem Hochdruckkessel und Doppelwänden. Widu-Ventile. Ne tolle Sache! Alle in der Enklave sind stolz auf das Ding. Es schafft Tausend Meter Höhenunterschied in zwanzig Minuten. Wegen des elektromagischen Gesteins oben am Gletscher konnte man keine Elektroseilbahn nehmen, denn es gab dauernd Kurzschlüsse da oben … "

Die Erklärungen schienen kein Ende zu nehmen, was alle anderen außer Torben und Alfred nervte. Zum Glück rief der Gondelführer bald die Fahrgäste zur Abfahrt auf. Er setzte sich auf seinen Fahrersitz und öffnete das Schieberventil für den Dampf. Zischend setzte sich die Gondel mit den acht Fahrgästen in Bewegung. Ein merkwürdiges Gestänge mit einem Doppelzylinder führte von der Dampfmaschine zum Kabinendach. Es rumpelte hoch und runter. Ängstlich beäugten Fanina und Utalon das Wunderwerk der Technik.

„Die Antriebsräder laufen über ein Widu-Drahtseil", erklärte der Gondelführer.

Doch Fanina hatte Zweifel an der Zuverlässigkeit der Maschine. „Ist die Seilbahn … Ich meine, was machen Sie, wenn die Seilbahn mal stehen bleibt, wenn sie kaputt ist?", fragte sie.

„Die Seilbahn geht nie kaputt", erwiderte der Gondelführer im Brustton der Überzeugung. Florian fand seine Gestik etwas zu zuversichtlich. Da ist doch was faul, dachte er.

„Wirklich?" Fanina war nicht so leicht zu überzeugen.

„Nein, niemals." Die Gestik des Mannes ließ keinen Widerspruch zu. Die Sache schien wirklich völlig undenkbar für ihn.

Trotz anfänglicher Angst der Mädchen schien alles problemlos zu klappen. Mit der Zeit fingen sie sogar an, die fantastische Aussicht zu bewundern. Tief unter ihnen lag Cerninia im Sonnenschein. Auf den grünen Bergwiesen grasten einige fette Kühe und auf einem Felsvorsprung stand malerisch eine Gemse. Die monotone Kolbenmechanik begann in ihren Ohren, vertrauenswürdig zu klingen.

Doch plötzlich gab es einen lauten Knall, gefolgt von einem klagenden Zischen, das ein Ventil von sich gab. Grauer Dampf hüllte die Gondel ein. Das Tempo der Kolbenbewegungen verlangsamte sich immer mehr. Zwanzig Meter vor der Bergstation blieb die Gondel schließlich stehen. Angst überkam die Ausflügler. Unter ihnen lauerten gierig scharfe Felsen. Der Gondelführer fluchte eine lange Minute unverständlich vor sich hin, dann öffnete er eine Klappe und zog einen Telefonhörer aus einem Kästchen. „Wir sollen Ruhe bewahren? – Ist gut." Erneutes Fluchen.

„Es kommt jemand, wir werden einzeln abgeseilt."

Nach einer halben Stunde klingelte das Telefon. Wieder schimpfte der Gondelführer.

„Die Weiterfahrt verzögert sich noch etwas, denn die Ausrüstung zum Abseilen ist leider verliehen worden. Das habe ich noch nie erlebt! Wie kann das bloß angehen?" Er seufzte kopfschüttelnd. „Wir müssen uns nun selber raufkurbeln."

Er holte eine meterlange Kurbel unter seinem Sitz hervor und steckte das Ende irgendwo in ein Loch in der Nähe des Antriebsrades.

„Ich hab's im Kreuz! Das ist was für euch Jungens!"

Der Gondelführer winkte mit einem gewinnenden Lächeln Florian und Torben heran. Zehn Minuten später standen die beiden schweißüberströmt und hechelnd in der Bergstation, aber sie bekamen viel Lob von den zwei Wärtern der Anlage. Das altersschwache Ventil wurde gewechselt und die Dampfmaschine fing kurz darauf wieder an zu laufen.

„Also, ich fahr mit dem Ding bestimmt nicht wieder runter", sagte Torben ein paar Minuten später, als sie die Station verlassen hatten. Niemand wollte ihm widersprechen.

Ein breiter Weg führte in Serpentinen weiter den Berg hinauf, dessen Spitze sich in einer milchigen Wolke verbarg, obwohl weiter unten im Tal herrlicher Sonnenschein herrschte. Selbst der Rauch der heroischen Dampfseilbahn schien der Nebelspitze ehrfürchtig auszuweichen.

Nach zehn Minuten erreichten die Jugendlichen den Eingang der Gletscherhöhle. „Suavitlichterhöhle, 15 Minuten. Portalhöhle, 25 Minuten. Schwarzseehöhle, 20 Minuten", las Torben vor. Das Schild wies auf einen breiten, dunklen Höhleneingang.

Fanina ging voran. Eine rote Leuchtkugel kroch aus ihrem Zauberstab und beleuchtete den schmalen Gang in den Berg. Er führte stetig bergauf.

„Früher hat man hier Eisenerz geschlagen, bis man auf eine Widu-Ader stieß. Am Ende der Ader fand man dann die riesige Höhle, in der es das Magiumsuavit gibt", sagte Alfred.

Hin und wieder zweigten kleinere Gänge von dem Hauptgang ab. Schilder wiesen darauf hin, unbedingt auf dem ausgeschilderten Weg zu bleiben. Nach einiger Zeit gelangten sie in eine riesige Höhle, fast so hoch und breit wie eine Kirche. Aus den silbern schimmernden Wänden quollen immer wieder rote, blaue, grüne und gelbe Lichterkegel, die sich auf dem dunklen, feuchten Gestein am Höhlengrund entlangzogen. Manchmal hüllten sie dabei einen der Jugendlichen bunt ein. Sehr zur Freude von Fanina und Utalon, die jedes Mal begeistert jauchzten. Nach und nach ließen sich die anderen von dieser Freude anstecken, zuerst Torben und Florian und schließlich auch Traudel und Alfred. Nur Sofie machte immer noch ein grimmiges Gesicht, während Josef sich nicht so recht in diesen Farbenregen hineintraute.

„War das toll", schwärmte Utalon und Florian sah, dass ihre Augen schon wieder gefährlich intensiv funkelten. Deshalb nahm er sie behutsam in den Arm. Zusammen gingen sie zu Torben und Fanina, die intensiv in den Text eines Schildes vertieft waren.

„Portalhöhle bei Neumond wegen widu-magischer Störungen nicht betreten!" Darunter war ein Pfeil angebracht, der die Richtung angab. Ein schmaler, dunkler Gang verlor sich in einiger Entfernung im Dämmerlicht. Die vier Cerninia-Praktikanten wollten auf keinen Fall mit zur Portalhöhle kommen. Es sei dort unheimlich, nur eine merkwürdige kleine dunkle Höhle, die kaum jemand jemals besichtigt habe.

Auf diesem Weg gab es drei steile Treppen und an einer Stelle führte eine hölzerne Brücke über eine tiefe Schlucht. Vier kleinere Stollen zweigten ab. Kleine Schilder mit Aufschriften wie „Seeportal",

„Kirschwald", „Grottenechsenskelett" und „Wasserfall" gaben dem Besucher einen Eindruck davon, was ihn dort erwarten würde. Doch unter jedem dieser Schriftzüge befand sich der Zusatz: „Betreten verboten! Steinschlaggefahr!"

Schließlich erreichten die Freunde eine zehn Meter breite und ebenso hohe Höhle, von der ein kurzer, aber hoher Gang abzweigte. Er endete vor einer dunklen Gesteinswand. Eine kleine silberne Plakette war an einer Seite in den Fels eingelassen.

„Der Totenkopf sieht ja aus wie ... ", begann Florian zu flüstern.

„Wie die Totenköpfe, mit denen die Söldner in Altdrachenstein die Zugänge nach draußen versiegelt haben, als sie das alte Tunnelsystem der Elfen dort in Besitz genommen hatten", beendete Utalon Florians Gedanken. Damals hatten die beiden verzweifelt einen Ausweg aus dem Altdrachensteiner Tunnelsystem gesucht.

Nun schauten auch Torben und Fanina ängstlich drein. Wohin auch immer dieses Tor führte, mit den Söldnern wollten sie nichts zu tun haben. Sie beschlossen, die Höhle sofort zu verlassen.

Doch auf dem Rückweg gab es eine Überraschung, als sie das Schild mit der Aufschrift „Wasserfall" passierten. Utalon war schnüffelnd stehen geblieben. Sie wollte unbedingt dorthin. Florian fragte sie, was es denn so Interessantes dort gebe? Doch sie beachtete ihn nicht und schlich langsam in den schmalen Gang hinein. Eine kleine rote Kugel schwebte nun vor ihr her. Florian wollte Utalon folgen, aber Torben weigerte sich mitzukommen.

„Ich kann sie nicht allein lassen", sagte Florian entschlossen und blickte Fanina fragend an.

„Und ich kann Torben hier nicht allein lassen", antwortete sie. Beide sahen sich gequält an. Schließlich griff die Elfin schnell nach Florians Hand und drückte sie. Dann wandte sie sich um und eilte hinter Torben her, der bereits auf dem Weg zur Lichterhöhle war. Florian versuchte dagegen, Utalon einzuholen. „Wir kommen gleich zurück", rief er noch über die Schulter und folgte ihr.

Was mochte bloß mit Utalon los sein?, dachte er. Sie war zwar sonst auch eigensinnig, aber meist ließ sie sich von ihm umstimmen. Bald darauf hatte er sie eingeholt, doch all seine Fragen beantwortete sie nicht. Auch die Forderung endlich umzukehren, ignorierte sie. Der Gang wurde immer schmaler und führte schließlich über rutschige Steinstufen eine uralte, in den Fels geschlagene steile Wendeltreppe hinab. Ein morsches hölzernes Geländer verhinderte das Schlimmste. Bald darauf hörten sie ein Rauschen, das immer lauter wurde. Dann öffnete sich erneut eine riesige Höhle vor ihnen. Das donnernde Rauschen eines Wasserfalls, der in einen See stürzte, empfing sie.

Nur ein schmaler Weg führte hinüber zu dem brodelnden Wasser. Als er endete, stieg Utalon zwei Treppenstufen hinunter in den See. Zum ersten Mal, seit sie sich von Fanina und Torben getrennt hatten, wandte sie sich um und forderte Florian energisch auf, ihr zu folgen. Das Wasser war eiskalt. Doch er watete vorsichtig hinter ihr her zu einem schmalen, dunklen Spalt, der sich dicht neben dem Wasserfall in der Felswand befand. Immer noch schnupperte Utalon aufmerksam herum. Dann tastete sie sich am Gestein entlang und war plötzlich verschwunden. Florian versuchte ihr zu folgen. Endlich hatten seine Hände eine Steinrille gefunden, an der er sich festhalten konnte. Er watete langsam im Halbdunkel durch einen feuchten Sprühregen. Plötzlich sah der Junge etwas rötlich schimmern. Es war Utalons rote Leuchtkugel. Er atmete auf und erreichte einen Moment später das Ufer. Drei Stufen führten aus dem Wasser heraus in einen kleinen Tunnel.

An seinem Ende stand Utalon vor einer Steinwand, in die die Konturen eines Drachen in den Fels gemeißelt waren. Er war über zwei Meter hoch und dreimal so lang. Seine Augenhöhlen funkelten lebendig und eine Vielzahl von silbern schimmernden Schuppen zierten seinen Rücken. Utalon schaute das Bildnis mit verzückten Augen an.

„Es sind neunzehn, neunzehn Rückenschuppen statt dreizehn. Ich weiß aus dem Drachenbuch, dass es goldene Drachen mit dieser Schuppenzahl gibt. Hier muss es einen solchen geben, ich kann ihn riechen. Ich muss zu ihm. Ich muss ihn einfach finden."

Florian gingen tausend Gedanken durch den Kopf: Vielleicht täuschte sich das Drachenmädchen. Vielleicht war es eine Falle. Zweifel über Zweifel tobten durch seinen Kopf. Er schaute zurück zum Wasserfall und sehnte sich nach der Sicherheit des Ganges. Vielleicht war der Drache ja bösartig. Da fühlte er Utalons Hand, die die seine ergriffen hatte. Sie lächelte ihn voller Sehnsucht an und all seine Zweifel und Ängste erschienen ihm nun dumm. Er entspannte sich und lächelte zaghaft zurück.

Utalon begann, die steinernen Schuppen des Drachen zu berühren. Bei jeder Berührung leuchteten sie golden auf. Florian ahnte, dass sie in einer bestimmten Reihenfolge gedrückt werden mussten. Als der schuppige Körper des steinernen Drachen in gleißendem Licht erstrahlte, fingen seine Augen an zu funkeln und Rauch strömte aus seinem Maul.

„*Dauro uslukan!*", summte Utalon. Der steinerne Drache neigte sein Haupt und die Wand verwandelte sich in eine goldene Sonne, in die die Luft hineinströmte. Das Drachenmädchen ergriff nun Florians Hand und zog ihn hinter sich her in den Nebel hinein. Wieder fühlte er, wie sie in einen Abgrund stürzten. Einige Sekunden trudelten sie in der Luft, ehe sie plötzlich über einen Felsuntergrund stolperten. Utalon hielt noch immer seine Hand. Sie waren in eine dunkle Höhle gelangt. Blaues Licht schimmerte von den Wänden, gekrönt von einem riesigen, silbernen Mondlichtkristall weit über ihnen an der Decke der Höhle. Ein durchdringender Geruch nach feuchtem Stein und Wald betäubte Florians Nase. Wie ein Wald dicht an einem Wasserfall, dachte er.

Utalon hatte recht. Hier roch es genauso wie damals in der Kristallhöhle, in die sie auf der Flucht vor den Söldnern von Galgenbergs gelangt waren. Von Galgenberg hatte Altdrachenstein besetzt und es war den Freunden nur mit Mühe und Not gelungen, die Enklave zu befreien. Dieser Geruch nur: Es musste ein Drache in der Nähe sein. Wieder überkamen Florian Unbehagen und Furcht.

„Bleib hier, egal was geschieht! Alles wird gut! Leg dich hin und rühr dich nicht", flüsterte Utalon ihm in diesem Moment zu.

Ohne lange zu überlegen, ließ sich Florian fallen und streckte sich lang aus. Nur den Kopf hob er ein wenig. Er sah, wie Utalon sich neben ihm in eine Nebelwolke hüllte, aus der kurz darauf der Drache erschien, der sie in Wirklichkeit war. Während Rauch aus ihrem Maul quoll, schimmerte ihr gesamter Körper in einem dunklen goldenen Farbton. Im gleichen Moment begann der Fels im Hintergrund der Höhle im gleichen Farbton zu schimmern.

Da neigte Utalon ihren Kopf und kroch mit dem Maul knapp über den Steinen langsam über den Boden. Das Hinterteil mit dem langen Schwanz schob sie sachte, aber elegant dem vorderen Teil des Körpers Stück für Stück nach. Nur die Schwanzspitze leuchtete noch in einem intensiven Goldton.

Das, was Florian für einen riesigen Felsen gehalten hatte, bewegte sich jetzt. Es war in Wirklichkeit ein Drache. Ihm stockte der Atem, denn der Drache schien nicht sehr begeistert vom Erscheinen des zweiten Drachen zu sein. Ein mächtiger Feuerstrahl raste plötzlich über Utalon hinweg und traf die Höhlenwand hinter Florian. Kleine Steine sausten ihm um die Ohren und erschrocken legte er die Hände über den Kopf. Er versuchte das Monster wieder in den Blick zu bekommen, doch Utalon verdeckte ihm mit ihrem Körper die Sicht. Als ein weiterer Feuerstrahl über Utalon hinwegraste, hörte er sie aufjaulen. Ein Fauchen des riesigen Drachen folgte, doch wenigstens spuckte er kein Feuer mehr. Utalon kroch unbeirrt der wilden Drohungen weiter auf den großen Drachen zu. In demütiger Haltung und ständig einen jaulenden Ton von sich gebend. Als ob sie ein Hund wäre, der sein Herrchen um einen Knochen anbettelt, dachte Florian. Sein Herz pochte ihm immer noch bis zum Hals vor Angst.

Dann hatte Utalon den großen Drachen erreicht. Das Schimmern ihres Körpers wurde immer intensiver. Plötzlich rollte sie auf den Rücken. Der große Drache fing an, tief zu knurren. Doch, was anfangs noch bösartig klang, wurde langsam wohlwollender. Dann beschnupperte er Utalon intensiv und begann, ihren Körper mit seinem Kopf sanft anzustoßen. Utalon schien das sehr zu gefallen, denn sie gab Töne des Wohlbehagens und des Genusses von sich.

Bald darauf rollte sie wieder auf die Füße und schlang ihren Schwanz um den des Riesen. Dann schlug sie mit dem Kopf sanft gegen dessen Hals und setzte sich in Bewegung. Der Riese stand nun auf und lief neben ihr her. Behäbig schoben sich die beiden, Seite an Seite, an Florian vorbei. Ein kurzer Blick des Riesendrachen in die Richtung des Jungen, dann ging er weiter. Jetzt wurden die Bewegungen der beiden schneller. Florian tat lieber immer noch so, als wäre er tot. Nur seinen Kopf drehte er ein Stückchen, damit er die beiden Drachen beobachten konnte. Bald kämpften sie spielerisch miteinander, bald kreisten ihre Körper umeinander. Dabei streckten sie einen Flügel aus und schwangen ihn geschickt über den Rücken des anderen. Wie ein Tanz, dachte Florian fasziniert.

Nach einiger Zeit trennten sich die beiden Drachen und kamen auf Florian zu. Sie schnappten mit ihren Mäulern in seine Richtung. Der Junge bekam es mit der Angst zu tun. Instinktiv zog er seinen Zauberstab aus dem Ärmel. Doch da verständigten sich die Drachen in einer geheimen Sprache miteinander, bis sie ihn beide gleichzeitig mit ihren funkelnden Augen fixierten.

Er spürte, wie sein Körper von zwei Flüchen getroffen wurde. Dann veränderte sich alles um ihn herum. Eine Nebelwolke hüllte ihn ein und er hatte das Gefühl, ein paar Sekunden zu schweben. Als sich der Nebel verflüchtigt hatte, konnte er seine Umgebung viel intensiver und genauer sehen. Alles war nun taghell. Nur diese seltsame Nase in seinem Gesicht störte. Er wollte mit der Hand danach fühlen, doch stattdessen hatte er plötzlich einen riesigen Flügel vor dem Gesicht. Florian schaute an sich herunter und erblickte: einen runden Drachenbauch mit riesigen Pranken. Wut überkam ihn und er wollte schreien. Da stieß ihn jemand an und er fiel auf den Rücken. Im nächsten Moment schoss ein Feuerstrahl aus seinem Mund und traf die Decke. Staub und Steine rieselten von oben auf ihn herab.

„Utalon", summte Florian wütend. Sprechen war ihm unmöglich geworden. Er meinte, summendes Gelächter als Antwort zu hören. Dann fühlte er, wie sein Drachenkörper Stück für Stück von Lichtstrahlen aus den Augen der beiden Drachen abgetastet wurde. Es kitzelte und entspannte ihn, als ob eine wundervolle Magie und Kraft in seinen Körper strömte. Er ließ sich treiben, Freude durchflutete seinen Körper. Das Gefühl zu leben wurde intensiver, seine Gedanken fingen an zu jubeln. Und jetzt sah er alles noch viel deutlicher, selbst das, was in der Dunkelheit lag. Nun sah er auch Unterschiede zwischen den beiden Drachen, zum Beispiel die Form der Ohren und die Größe und Konturen der Flügel. In seinem Kopf bekam jede einzelne Schuppe einen Namen, jeder einzelne Zeh und sogar jeder Zahn. Auch die Zeichnungen an den Wänden schienen lebendig zu werden. Tanzende Drachen, kämpfende Drachen, feuerspeiende Drachen. Die Figuren bewegten sich und erzählten ihm eine Geschichte, die er in seinem Kopf hörte.

Florian blickte zu dem riesigen Drachen und es schien ihm, als würde dieser lächeln. Schickte er ihm die Geschichte in seinem Kopf? Der Junge blickte zu Utalon. Sie näherte sich ihm, bis sie ihn berührte. Dann schlang sie ihren Schwanz um seinen, schlug sanft mit ihrem Kopf gegen seinen Hals und zog ihn durch die Höhle. Dabei erzählte sie ihm in Gedanken noch mehr über die Ornamente in der Höhle.

Er sah den leuchtenden Kristall an der Decke. Es war die Sonne selbst, die ihn auf wundersame Weise blendete, indem sie in allen möglichen Farben auf ihn herabstrahlte, bis in seine Seele, als ob sie ihn erfreuen wollte. Gleichzeitig spürte er die wundervolle Wärme des Lichts. Er fühlte sie auf den Augen, auf den Ohren und selbst auf den gepanzerten Pranken. Florian rollte den Kopf hin und her und sah einen Regenbogen, der sich hin und her bewegte. Es war, als befände er sich in einem Palast der Sonne und des Lichts. Dann hörte er einen tiefen Summton in seinem Kopf:

„Du musst aufstehen, Florian."

Leicht gesagt, aber wie?, dachte er.

„Linken Flügel nach hinten drücken, Hüfte nach rechts drehen und den Schwanz gegen den Boden stemmen", kam nun die Anweisung von Utalon. Doch es dauerte immer noch fünf Minuten, bis er aufrecht stand.

„Ich heiße dich, Florian, Bote des Lichts, in meiner Höhle willkommen. Mein Name ist Sattergon", stellte sich der Riese vor. Augen wie kleine Sonnen fixierten ihn.

Florian dachte, dass es nicht schlecht wäre, wieder ein Magier zu sein. Doch bevor er das auch nur äußern konnte, widersprach der Alte:

„Jeder Bote des Lichts muss früher oder später lernen, sich in einen Drachen zu verwandeln. Das erleichtert dir das Überleben unter deinesgleichen. Nicht jeder Magier betrachtet dich als Freund, wie du weißt. Du wirst sogar mehr Feinde haben als Freunde. In der Nacht aber bist du als Drache jedem Magier überlegen."

Florian überlegte. Er war nun mal kein Drache und wollte auch keiner sein. Magier zu sein war schon ziemlich anstrengend und schwierig, aber nun auch noch ein Drache. Irgendwann reicht es, dachte er. Doch bevor er etwas sagen oder tun konnte, überraschte ihn Sattergon mit einer Forderung:

„Du hast keine Wahl! Du bist jetzt ein Drache! Es ist an der Zeit, dass du lernst zu fliegen."

Auf Florians Einwände ging er gar nicht ein. Stattdessen zeigte er ihm die Bewegung.

„Verlagere einfach das Gewicht nach vorne, dann stoße dich mit deinen Pranken ab und bewege die Flügel."

Der Riese schwang sich in die Höhe und schwebte dort, leicht wie eine Feder, unter der Höhlendecke. Es sah wirklich kinderleicht aus. Florian wollte es ihm unbedingt nachmachen. Er befolgte also die Anweisungen und der erste Flügelschlag war wunderbar. Doch bei dem zweiten kam er aus dem Gleichgewicht und musste wieder landen. Fast wäre er dabei auf die Seite gekippt und auf den Rücken gerollt.

Es dauerte ungefähr eine Viertelstunde, dann hatte er den Bogen raus. Es war herrlich. Nie hatte er als Mensch oder Magier solche unbändige Freude gefühlt wie in dieser Stunde des Drachenseins. Schließlich schlief er völlig erschöpft ein.

Als er wieder aufwachte, sah er Sattergon und Utalon dicht beieinander hocken und ihn nachdenklich beobachten. Sattergon kroch zu ihm hinüber.

„Es ist an der Zeit, dass ich euch wieder nach Hause bringe", summte er leise. „Draußen ist es schon dunkel. Aber vorher musst du noch einen neuen Namen bekommen, einen geheimen Drachennamen. Wir haben gedacht, dass Esragon zu dir passen würde. Wie gefällt er dir?"

Florian überlegte, ob die Idee, ein Drache zu sein überhaupt für ihn viel Sinn machte. Irgendwo in seinem Innern gab es immer den Jungen, der Florian hieß. Er nickte trotzdem mit dem Kopf, denn Florian war auf keinen Fall als Name für einen Drachen geeignet.

„Also gut, dann Esragon", summte Sattergon und bewegte seinen Körper in Richtung des Portals, durch das sie in die Höhle gelangt waren. Dort summte er einige unverständliche Silben. Dann verschwand er in der Nebelwolke, die sich auftat, und auch Florian und Utalon wurden von einer unsichtbaren Kraft hinter Sattergon ins Portal hineingezogen. Wieder fiel Florian in den Strudel aus Schwerkraft und prallte schließlich mit seinen Pranken auf raue Felsen. Vor ihm schwankte Sattergon einen breiten Tunnel entlang zu einem Felsabgrund. Utalon eilte ihm hinterher. Florian tastete sich nun ebenfalls voller Unbehagen an den Abgrund heran. Die Umrisse der Bergstation von der

Dampfseilbahn lagen fast dreihundert Meter unter ihnen. Und noch viel weiter unten waren die Lichter der Stadt überdeutlich zu erkennen. Der Himmel war klar, die Sterne leuchteten über ihnen. Aber ein kräftiger Wind blies von hinten. Florian spürte jedoch keine Kälte, sondern nur unbändige Lust, sich hinunter in den Abgrund zu stürzen. Doch der riesige alte Drache hielt ihn auf und sagte:

„Bevor du dich hinunterstürzt, muss ich dir noch ein letztes wichtiges Geheimnis mitteilen, das dir vielleicht einmal das Leben retten wird. Du kannst dich allein in einen Drachen verwandeln, ohne Zauberstab, denn du bist ein Bote des Lichts: ,Drakan frisatjan' lautet die Formel." Dann deutete er in den Abgrund. „Jetzt ist es Zeit zu fliegen."

„Ich zuerst", sagte Utalon ungeduldig und stieß sich von der Kante ab. Dann breitete sie ihre Flügel aus und kreiste dicht vor ihnen in der Luft.

„Lass immer die Augen auf, Esragon," mahnte ihn Sattergon. Dann schwang auch er sich von der Felskante ab und breitete seine riesigen Schwingen aus.

Ohne richtig zu wissen, wie ihm geschah, wurde Florian von einer unsichtbaren Kraft nach vorn gerissen und breitete ebenfalls instinktiv die Flügel aus. Immer, wenn er glaubte, das Gleichgewicht zu verlieren, deutete er einen Flügelschlag an, damit er wieder stabil in der Luft lag. Kurz darauf sah er, wie Utalon tief unten um die Bergstation kreiste.

„Wir machen das in drei Etappen", summte Sattergon hinter ihm beruhigend. „Flieg einfach nur hinter mir her."

Sanft stürzte sich der riesige Drache hinunter und Florian hinterher. Wieder begann er, die unbändige Freude zu spüren, die das Gleiten ihm bereitete. Geschickt fing er den Sturzflug ab und ließ sich das nächste Stück tiefer sinken. Jubelnde Freude erfasste ihn wieder über dieses wundervolle Gefühl des Fliegens. Sein Können überschätzend geriet er plötzlich ins Trudeln und wäre fast abgestürzt, wenn ihn nicht Sattergon am Schwanz gepackt und wieder stabilisiert hätte.

„Vorsicht", mahnte der Riese.

Langsam folgten sie Utalon, die schon nahe der Stadt war. Sie erreichte gerade jene Stelle, an der sie damals bei ihrer Flucht vor der Riesenkrähe, die ihr Flugzeug auf dem Weg nach Cerninia angegriffen hatte, gelandet waren. Florian setzte nun dicht neben Utalon auf. Er blickte hinauf zum schimmernden Sternenhimmel. Es kam ihm so vor, als habe er niemals zuvor so eine hell erleuchtete Nacht erlebt. Da wünschte er sich plötzlich, für immer ein Drache zu sein.

Doch es war an der Zeit, sich in den Magier zurückzuverwandeln, der er war. Kaum hatte dieser Gedanken in seinem Kopf Gestalt angenommen, geschah es auch schon. Der Junge war zwar froh, wieder zurück im eigenen Körper zu sein, doch das Gefühl der Freude blieb. Der Wunsch, wieder ein Drache sein zu wollen, war jedoch viel stärker, als er es jemals für möglich gehalten hätte. Florian konnte sich nicht erinnern, wann er jemals zuvor so glücklich gewesen war. Er hatte das Gefühl, alles tun zu können und gleichzeitig unbesiegbar zu sein.

Sattergon verabschiedete sich und verschwand als großer, dunkler Schatten weit oben im Nachthimmel. Aus dem Drachen Utalon war in der Zwischenzeit wieder die junge Magierin geworden, die ihn nun besorgt anblickte. Ahnte sie etwas von seinen Gefühlen?

„Du darfst nicht furchtlos werden, Florian, dann bist du verloren", sagte sie leise und griff nach seiner Hand. Gemeinsam erreichten sie die Pension.

Florian spürte seine Erschöpfung schon nicht mehr, als er ins Bett fiel, denn er schlief binnen einer Minute ein. In seinen Träumen war er in dieser Nacht ein Drache, der am Himmel kreiste, mal weit oben, dann wieder ganz tief unten.

10
Die Insel der magischen Träume

Erst als ihn am nächsten Morgen Torben am Arm rüttelte, spürte Florian die Erschöpfung:

„Wie oft soll ich dir noch sagen, dass du aufstehen musst?", maulte Torben wütend.

Als Florian sich aufsetzten wollte, spürte er am ganzen Körper einen entsetzlichen Muskelkater. Da wusste er, dass er sich am Abend zuvor völlig überanstrengt hatte. Er bekam an diesem Morgen kaum einen Bissen hinunter. Gebeugt und langsam, mit schmerzendem Rücken und schmerzenden Bauchmuskeln, folgte er den drei Freunden hinauf zur Zitadelle. Der Rücken und die Bauchmuskulatur waren ein einziges Schmerzbündel.

„Bist du gestern zum ersten Mal geflogen?", fragte ihn Fanina neugierig lächelnd oben beim Brunnen im Burghof.

Erstaunt sah Florian sie an. „Woher weißt du davon? Hat Utalon dir …?"

„Jeder Bote des Lichts lernt früher oder später, wie man sich in einen Drachen verwandelt. Das hat mein Vater mir erzählt, kurz bevor wir nach Cerninia aufgebrochen sind. Als Utalon gestern in der Höhle so glücklich und schweigsam war, habe ich mir aber gedacht, dass sie bestimmt einen Drachen gespürt hatte und ihn unbedingt suchen wollte."

Eine Viertelstunde später saßen die Altdrachensteiner mit den Praktikanten aus Cerninia und Rufus Kwantentorf beisammen und berichteten von ihren Besuchen in den Höhlen. Vor allem Fanina berichtete. Geschickt ließ sie den Besuch in der Elfenenklave aus und verschwieg auch die überstürzte Trennung am gestrigen Nachmittag. Rufus erforschte kurz Florians Gesicht, als er dessen Müdigkeit sah. Schließlich stellte er eine seltsame Frage:

„Und vorgestern Nacht ist auch nichts Ungewöhnliches geschehen?"

Florian und Torben blickten erstaunt auf. Wusste Rufus etwa von dem nächtlichen Einbruch in ihre Pension?

„Nein, absolut nichts, was uns aufgefallen wäre", kam Utalon mit dieser diplomatischen Antwort Florian zuvor.

„Dann ist ja gut", meinte Rufus gelassen. Er blickte in die Richtung, wo die Cerninia-Praktikanten saßen, und sagte: „Für diejenigen, denen gestern nichts aufgefallen ist und die nichts Interessantes dort oben in den Höhlen entdeckt haben, sollte jetzt der theoretische Teil der Praktikumsarbeit beginnen."

Nach einer kurzen Pause sah er zu den Jugendlichen aus Altdrachenstein und meinte dann gelassen:

„Und diejenigen, denen etwas aufgefallen ist, die also meinen, man müsste die Höhlen etwas näher untersuchen, die sollten sich heute vielleicht noch einmal da oben umschauen."

Er blickte abwechselnd von Fanina zu Utalon und schließlich zu Florian und zog fragend die Augenbrauen hoch.

„Also, ich finde, wir sollten noch einmal zur Harzheimer Gletscherwiese hoch", sagte Utalon.

„Und ich finde, wir sollten zur Negernhöhle", meinte Fanina.

„Was auch immer ihr heute macht, ihr solltet zusammenbleiben", sagte Rufus. „Wenn ihr in Gefahr geratet, dann ist es leichter zu entkommen oder wenigstens Hilfe zu holen. Das ist alles, um was ich euch bitten muss. Bleibt zusammen!"

Dann verabschiedete er sich und überließ die Praktikanten ihrem Schicksal. Alfred nutzte die Gelegenheit, um mit Florian einen Augenblick alleine zu sprechen.

„Ich hab gestern Abend Nanea getroffen. Sie hat mir einen Zettel für dich gegeben, weil sie im Moment Probleme hat, weil", seine Stimme wurde nun ganz leise, „weil sie beobachtet wird. Sie kann sich nicht mehr frei bewegen, denn die Portalmaurer suchen sie. Keine Ahnung, was sie mit ihr machen werden, falls sie sie finden. Also Vorsicht!"

Er gab Florian den Zettel, der einen Blick darauf warf: „Fischhüttenstieg 17, heute Abend, zu jeder Uhrzeit.

Die vier Freunde beschlossen, an diesem Tag Nanea aufzusuchen und erst am nächsten Tag erneut zum Portal in der Negernhöhle zu gehen, um die Elfen zu besuchen.

Am Abend machten sie sich auf den Weg zu Nanea. Die Siedlung der Fischer, wo sie wohnte, war ein armseliger Haufen von rot gestrichenen Holzhütten unten am See. Vor einigen spielten kleine, schmutzige Kinder. Andere wirkten still und verlassen. Der Nummer 17, die sie erst nach längerem Suchen fanden, fehlte die Haustür. Nur eine Decke verhüllte den

Eingang. Leises Schnarchen kam von drinnen. Fanina rief „Hallo" hinein, doch niemand antwortete.

„Was sollen wir tun?", fragte Torben. Utalon zuckte die Schultern und schob einfach den Vorhang zur Seite. Einen Moment schaute sie in den Raum, dann sagte sie leise:

„Ein alter Mann schläft auf einem Bett. Das zweite Bett ist leer."

„Nanea scheint nicht da zu sein", folgerte Torben.

„Wir können ja ein anderes Mal bei ihr vorbeischauen", meinte Florian schließlich. Er wandte sich zum Gehen. Doch Utalon deutete auf einen, mit grauer Farbe geschriebenen, kaum noch zu erkennenden Schriftzug neben dem Stoffvorhang. „Eirik Hunuan", las Florian leise. Der Name aus dem Buch, das Nanea ihm gegeben hatte und das Utalon und er nachts gelesen hatten. Naneas Familienname war Hunuan!

Jetzt wurde Florian klar, warum sie ihm das Buch von Albertus Hunuan in der Bibliothek zum Lesen gegeben hatten. Es war die Geschichte ihrer Familie. Er musste mit ihr reden. Sie wusste irgendetwas. Wieso tat sie so, als wollte sie ihm helfen und versteckte sich dann? Oder wurde die Hütte beobachtet? Alfred hatte so etwas angedeutet. Der Junge schaute sich um. Es saßen nur zwei alte Männer einige Meter entfernt auf einer Bank und unterhielten sich. Ob die beiden in Wirklichkeit die Hütte beschatteten?

~~~

Am Abend lag Florian wach im Bett und dachte nach. Torben war längst eingeschlafen. Florian überlegte, wie er Nanea finden könnte. Warum hatte sie ihn und seine Freunde auf dieses seltsame Buch aufmerksam gemacht? Das Buch mit den drei Geschichten, dessen Autor auch den Namen Hunuan trug. Es musste doch einen Hinweis geben, wo sie sich gerade aufhielt. Immer, wenn er dies dachte, kam ihm das Buch in den Sinn. Ja, wo war eigentlich das Buch geblieben? Ob Utalon es mitgenommen hatte?

Florian beugte sich aus dem Bett und tastete mit der Hand die dunkle Umgebung ab. Endlich fühlte er einen ledernen Einband. Tatsächlich lag das Buch immer noch fast an dem Platz, an dem er es liegen gelassen hatte. Er zog es langsam zu sich heran und setzte sich auf. Die Laternen auf der Straße spendeten etwas Licht.

Florian stellte fest, dass die Seiten des Buches leicht schimmerten, als er es aufschlug. Wie ein Geisterbuch, dachte er. Es sah so aus, als ob das Papier von innen matt leuchtete und die Druckerschwärze so sichtbar machte. Neugierig blätterte der Junge das Buch durch. Seltsamerweise waren einige Seiten heller als andere. Ob das ein Zeichen war?

Plötzlich war er aufgeregt. Er begann nach der hellsten Seite zu suchen und fand sie am Ende des ersten Abschnitts: Der Bote des Lichts hatte zusammen mit einem Elfengelehrten Höhlenalpenveilchen gezüchtet. Außer dem Text füllte eine Zeichnung dieser Blume fast die halbe Seite aus. Florian versuchte, die Konturen der Zeichnung genauer zu erkennen. Er strich mit einem Finger darüber. Da begann ein Wasserzeichen in dem Papier golden zu schimmern. Als sein Finger erneut die Stelle berührte, wurde aus dem Schimmern ein Leuchten. Er wartete und nach einem kurzen Moment trafen unzählige golden glühende Blitze seine Fingerspitze. Seine Hand wurde warm und nahm die Farbe der Blitze an. Er zog seinen Finger zurück und die Verbindung zum Buch riss ab. Stattdessen beleuchtete nun eine kleine, goldene Leuchtkugel das Papier. Was für ein wunderbarer Zauber, dachte er. Noch ganz in Gedanken versunken bemerkte er plötzlich, dass das Wasserzeichen die Form eines Schlüssels angenommen hatte, der langsam wieder in den Konturen der Höhlenalpenveilchen verschwand.

Da sah er ein silbernes Schimmern auf dem Stuhl, auf dem seine Kleider lagen. Ein winziges Insekt krabbelte aus seiner Jacke, dass schnell größer und größer wurde. Die Libelle Libellia, dachte er. Sie breitete ihre Flügel aus und begann sie vorsichtig zu bewegen, bis sie schließlich durch das Zimmer flog. Ob sie durch das leuchtende Wasserzeichen geweckt worden war?

Schlagartig war Florian klar: Das Buch, die Zeichnung, das Licht – alles zusammen war ein Schlüssel für irgendetwas, das wichtig war. Vielleicht konnte ihm Nanea helfen, er musste es versuchen. Schnell zog er sich seine Sachen an und wollte schon die Treppe hinunter, als er auf die Idee kam, vom Balkon aus zu überprüfen, ob auf der Straße niemand auf ihn lauerte.

Der Balkon lag an diesem Abend im Mondschatten des Hausdaches. Florian entdeckte in der Dunkelheit eines Hauseinganges auf der anderen Straßenseite einen Schatten. Er sah ein rotes Glimmen und wartete. Es erlosch, doch nach kurzer Zeit begann das Glimmen erneut. Ein nächtlicher Kettenraucher vor der Pensionsgasse 13 war kein gutes Omen. Er wollte schon ins Haus zurück, da flatterte eine Eule auf seine Schulter.

„Was hast du vor?", summte das Tier leise. Es war Utalon. Offenbar hatte das Drachenmädchen seine aufgeregte Stimmung gespürt und war aufgewacht.

„Ich wollte Nanea zu diesem Buch befragen", flüsterte Florian und erklärte ihr, was er herausgefunden hatte. Utalon nickte anerkennend.

Ein paar Minuten später war der nächtliche Beobachter auf seinem Posten eingeschlafen. Er hatte nicht einmal gemerkt, dass ihn Utalons Fluch getroffen hatte. Als sie die Zimmertür öffneten, flog die Libelle in den Flur hinaus. Am Treppenabsatz trafen sie auf Fanina.

„Was ist los? Utalon war plötzlich weg und ich dachte, es ist was passiert", flüsterte die Elfin aufgeregt.

Florian sagte nur „Nanea" und machte ihr ein Zeichen, ihm zu folgen. Utalon hatte inzwischen wieder ihre Mädchengestalt angenommen und stürzte hinter den beiden anderen her. Im Schutz der Dunkelheit rannten die drei zum Fischerdorf und standen nun wieder vor der kleinen Hütte.

„Was machen wir, wenn sie nicht da ist, Florian?" fragte Utalon.

„Nanea ist entweder zu Hause oder es gibt in der Hütte einen Hinweis, wo sie ist", antwortete er. Er deutete auf die große Libelle, die aufgehört hatte, silbern zu schimmern, und ihnen vorausflog, und meinte: „Es geht um die Libelle Libellia und das Buch, das Nanea uns gegeben hat."

Florian holte das Buch mit den zwei Geschichten über die Familie Hunuan unter seiner Jacke hervor.

„Es ist nicht nur ein Buch, sondern auch ein Schlüssel zu irgendetwas. Nanea weiß das. Sie hat es uns in der Bibliothek der Universität gegeben. Wahrscheinlich hat sie gehofft, dass wir es irgendwie stehlen würden."

„Ja", sagte Utalon. „Ich ahnte, dass das Buch wichtig ist, wusste aber nicht, warum."

Die beiden horchten am Eingang der Fischerhütte. Wie am Nachmittag war nur das Schnarchen des Alten zu hören. Florian zog den Vorhang zur Seite, immer noch tat sich nichts. Sie gingen hinein. Die Augen des Jungen gewöhnten sich langsam an die Dunkelheit. Irgendwo hier drinnen musste Nanea sein. Davon war er überzeugt. Er sah sich um: Es gab ein zweites, breites Bett. Neben dem des Alten brodelte leise eine Flüssigkeit in einem großen Glasbehälter. Dahinter stand eine Kommode, außerdem gab es noch einen großen Wandschrank mit zwei Türen, von denen eine geöffnet war. Und einen Ofen, neben dem ein Stapel Holz lag. Ein Fenster ohne Glasscheibe eröffnete die Sicht auf den großen See, an dem die Siedlung lag.

Florian wartete einige Minuten. Dann holte er das Buch hervor und schlug die Seite mit den Zeichnungen der Pflanzen auf. Als das Schimmern begann, berührte er wieder die Abbildung des Höhlenalpenveilchens, bis die goldenen Fäden seinen Finger zum Leuchten brachten und die Lichtkugel schließlich aus dem Buch herausschwebte. Der gesamte Raum war jetzt von dem goldenen Licht erleuchtet. Florian dämpfte den Schein so gut es ging mit seiner linken Hand, während er in der rechten das Buch hielt. Als er nun seinen Blick durch das Zimmer schweifen ließ, sah er zwei Schatten im Holzschrank. Schatten ohne Gestalten konnte es nicht geben, dachte er. Immer noch geschah nichts. Da hörten sie, wie das sanfte Surren der Libelle lauter wurde. Sie begann, wieder silbern zu schimmern.

Plötzlich ging die zweite Schranktür auf, aber immer noch war niemand zu sehen. Nur die Schatten blieben. Erst nach einigen Momenten erschienen in der offenen Tür endlich Nanea und eine Frau mittleren Alters. Das Elfenmädchen eilte auf Florian zu, nahm ihm das Buch aus der Hand und klappte es zu.

„Ihr solltet nicht hier sein", flüsterte sie. Doch bevor Florian etwas sagen konnte, legte sie ihre Hand auf seinen Mund. Sie blickte sich um und sah zu der Frau, die geschwind aus dem Fenster kletterte. Sie trug einen Ring um den Hals, der im Mondlicht weiß schimmerte. Dann verschwand sie mit schnellen Schritten in der Dunkelheit. Nun erst ließ Nanea ihre Hand sinken.

„Du wolltest doch dieses Buch, oder?", fragte Florian.

„Ja", sagte sie, dann berichtigte sie sich: „Nein, ich wollte, dass du es findest. Es enthält den Schlüssel zum Schatz der Elfen. Nur ein Bote des Lichts mit einem lebenden Drachen kann das Tor zum Schatz der Elfen finden. Nur du kannst es!"

Das Mädchen blickte auf die Libelle Libellia und lächelte matt: „Das Licht in dem Buch war der Schlüssel, um die Libelle wieder zum Leben zu erwecken. Damit hast du den ersten Schritt gemacht. Aber Libellia muss noch zur Königin werden."

„Ist das alles?"

Ängstlich blickte Nanea zum Fenster. Die Frau war jetzt im Mondlicht am Ufer zu sehen.

„Professor Pegasus hat meine Mutter mit einem Fluch belegt. Er missbraucht sie als Seherin für seine Treffen mit den Portal-Magiern und den Magiern der Zauberstabzunft. Der Ring um ihren Hals ist sein Werk. Mittels des Ringes erhält Pegasus Kenntnis von einigen Ereignissen, die in der Zukunft geschehen werden und die meine Mutter sieht. Er kann zwar nicht die Visionen meiner Mutter beeinflussen, aber er kann sie zwingen, diese Visionen in seinem Sinne zu interpretieren, indem er ihre Vorhersagen über den Ring steuert. Deshalb weiß er auch, wie sehr meine Mutter unter diesen Vorhersagen leidet."

Das Mädchen machte eine kurze Pause, dann sah sie Florian in die Augen und sagte langsam:

„Aus diesem Grund weiß Pegasus auch seit einigen Wochen, dass der Schatz der Elfen sehr bald gefunden werden wird und dass es darum einen Kampf geben wird. Aber er kennt weder den Ort des Geschehens noch den Ausgang des Kampfes. Und er versteht auch nicht, wie es dazu kommen wird."

Wieder machte Nanea eine Pause.

„Ich kann dir und meiner Mutter erst helfen, wenn du Libellia zur Königin gemacht hast."

Florian konnte das nicht glauben und wollte es der Elfin schon sagen. Doch dann merkte er, wie verzückt Nanea die Libelle ansah.

„Libellia hat ihre wahre Kraft noch nicht gefunden. Das kann nur auf der Insel der magischen Träume geschehen. Du musst das Boot der verschlungenen Sümpfe finden, das euch den Weg dorthin weisen wird. Prüfe alle Boote der Fischer, die am Steg, unten am Ende des Fischreusenwegs, vertäut sind. Eines davon ist es, doch niemand weiß welches. Nur Libellia kann dieses Boot finden. Folge ihr! Wenn sie Königin geworden ist, wird eine ihrer Töchter den Schatz der Elfen öffnen."

Florian sah sie immer noch ungläubig an, doch das Mädchen war noch nicht fertig.

„Die Magier werden Libellia suchen und jagen. Du darfst ihnen nicht vertrauen! Vor allem nicht von Galgenberg!"

Dann sah Florian, dass Naneas Mutter zum Fenster zurückgekommen war und den Jungen zu sich winkte. Sie griff in ihre Tasche und holte ein kleines Knäuel hervor. Das übergab sie Florian. Überrascht merkte er, dass sich das Bündel bewegte. Naneas Mutter sah Florian in die Augen und sagte ernst:

„Das ist eine Portalschwalbe. Ihr Name ist Navigina. Sie öffnet die Wege durch magische Portale aller Art. Doch diese hier wird uns außerdem benachrichtigen, wenn du in höchster Not schwebst. Wir können versuchen, dir helfen."

Sie lächelte dem Jungen kurz zu. Dann erschrak sie und gab ihrer Tochter ein Zeichen zu verschwinden. Nanea horchte daraufhin auf Geräusche von draußen.

„Wir müssen fliehen, die Portal-Magier kommen! Professor Pegasus weiß, dass wir dich getroffen haben. Der Ring hat uns verraten."

Florian wandte sich zum Vorhang an der Tür um und lauschte nun ebenfalls. Nanea ergriff seine Hand und hielt sie einen Moment fest:

„Flieh zur Insel der magischen Träume! Finde den Schatz der Elfen! Nur das kann meine Mutter von dem Fluch erlösen und die Unterdrückung der letzten Elfen in der Fischersiedlung durch die Portal-Magier beenden.

Dann ließ Nanea Florians Hand los, kletterte aus dem Fenster und rannte mit ihrer Mutter fort. Florian, Fanina und Utalon huschten durch die Tür und liefen davon. Sie hörten noch, wie Männer in die Hütten eindrangen. Doch niemand folgte ihnen. Anscheinend hatte man sie noch nicht bemerkt.

Die drei waren noch nicht weit gekommen, als das Geschrei von Stimmen und die Schritte der Stiefel von überallher zunahmen. Der Weg nach Hause schien versperrt zu sein. Sie blieben stehen, um zu horchen. Die Libelle umkreiste aufgeregt ihre Köpfe, dann wandte sie sich Richtung See. Ohne zu überlegen folgten sie ihr. Aus den Hütten rings um sie drangen wütende Männerstimmen, ängstliche Schreie von Frauen und das Weinen der Kinder. Hin und wieder gab es Lichtblitze, die in Schmerzensschreie übergingen. Glas splitterte.

Angst flutete in die Köpfe der Jugendlichen. Sie waren jetzt am Strand, ganz in der Nähe der Boote. Einige lagen an einem langen Holzsteg, andere waren auf den Sand gezogen. Die Libelle blieb einen Moment in der Luft stehen, dann schwirrte sie von einem Boot zum anderen. Mit ihrem matten Silberschein schien sie jedes einzelne genau zu prüfen.

Inzwischen hatten sich die Stimmen in der Siedlung bis zum Strand ausgebreitet. Einige Männer, Frauen und Kinder flüchteten nun dorthin. Plötzlich ertönte ein schriller Ruf:

„Da sind noch Fischer auf dem Steg, vielleicht haben die was gesehen. Bringt Sie hierher!"

Stiefelschritte hasteten über den Sand zum Steg. Die Jugendlichen sahen sich erschrocken an. Da leuchtete plötzlich ein goldener Blitz in einem Boot auf, das Libellia gerade untersuchte.

„Das muss es sein", flüsterte Fanina.

„Nichts wie rein", keuchte Florian. Er sprang ins Boot, dicht gefolgt von den beiden Mädchen, und löste das Seil zum Festmachen. Dabei fiel ihm ein matt goldener Schimmer unter der Ruderbank auf.

„Halt", befahl eine barsche Stimme hinter ihnen, die bedrohlich schnell näherkam. „Werdet ihr gefälligst hierbleiben! Sonst passiert was!"

Doch Florian und Utalon beeilten sich nun erst recht, die Ruder in die Dollen zu legen. Fanina stieß das Boot vom Holzsteg ab. Nicht zu früh, denn zwei Männer hasteten den Steg entlang und hatten die Anlegestelle schon fast erreicht. Erschrocken zielte Fanina auf den vorderen: *„Gatandjan!"* Der Fluch traf den Mann in die Schulter und er schrie auf. In dem Moment zogen Utalon und Florian das erste Mal die Ruder durchs Wasser und das Boot machte einen Sprung weg vom Steg. Jetzt feuerte der zweite Mann wilde Flüche auf die drei, einer davon ging knapp an der Elfin vorbei. Utalon und Florian ruderten so schnell sie konnten, und Fanina steuerte das Boot, Libellias Flugroute folgend, vom Strand und Steg weg.

„Sie haben uns angegriffen", schrie der verletzte Mann auf dem Holzsteg.

Daraufhin flitzten Männer zu den Fischerbooten. Die Jugendlichen konnten sehen, wie sie in zwei Boote sprangen, ablegten und hinter ihnen her ruderten.

Florian bemerkte, wie Utalon neben ihm Funken aus der Nase stoben. Er spürte, dass sie sich am liebsten wieder in ihre Drachengestalt verwandelt hätte. „Nicht!", rief er.

„Wo will Libellia bloß hin?", fragte Fanina verzweifelt, die das Ruder hielt und bisher der Libelle gefolgt war.

„Egal, immer hinter ihr her", schnaufte Florian.

„Aber sie führt uns direkt auf den riesigen See hinaus", wandte das Mädchen ein. „Und unsere Verfolger sind schneller als wir."

Ein Blick zeigte Florian, dass sie recht hatte. Sie hatten zwar einen guten Vorsprung vor den Magiern, doch diese kamen langsam näher. Irgendetwas veränderte sich nun allerdings im Gesicht von Fanina. Neugier verdrängte die Verzweiflung. Florian warf einen kurzen Blick über die Schulter, um festzustellen, was die Ursache für die Veränderung war. Statt der im Mondlicht schimmernden Wasserfläche sah er eine graue, undurchsichtige Wand.

„Vor uns wachsen Bäume im Wasser", sagte Fanina plötzlich.

Sie wechselte den Kurs des Bootes und hielt auf die schemenhaften Gebilde zu. Erst jetzt entfaltete sich vor den staunenden Jugendlichen die ganze Magie des im Mondlicht silbrig schimmernden Zauberwaldes. In der grauen Wand wurden allmählich die Konturen von Bäumen sichtbar, die sich immer deutlicher abzeichneten und immer höher aus dem Wasser ragten. Ihre Wipfel verwandelten das Mondlicht in Tausend kleine, funkelnde Lichtpunkte und gleichzeitig verdeckten die Schatten der raschelnden Blätter die Wasseroberfläche fast vollständig. Nur hin und wieder erreichte ein Lichtblitz die Wasseroberfläche, wie eine verirrte schnelle Sternschnuppe. Immer tiefer tauchten die drei Freunde in diese mystische Schattenwelt ein, während ihre

Verfolger mit einem Schlag aus ihrem Sichtfeld verschwanden, nur ihre Stimmen waren noch zu hören. Florian und Utalon mussten die Ruder einziehen, um den Baumstämmen im Wasser auszuweichen. Die Libelle flog nun langsamer vor ihnen her. Dann wurden die Stimmen ihrer Verfolger wieder lauter. Lichtblitze flammten links und rechts von ihnen auf, die jedoch den grauen Dunst nicht durchdringen konnte. Nun erst bemerkte Florian, dass er kaum zwei Meter weit sehen konnte.

„Ihr müsst die Ruder hochnehmen, sonst kommen wir nicht durch die Bäume durch", befahl jemand. Die Ruderschläge verstummten.

„Wo sind sie geblieben?", fragte eine andere männliche Stimme von irgendwoher aus dem nebligen Dickicht der Bäume. „Seid still!", mischte sich jetzt ein dritter ein.

Florian und Utalon setzten die Ruder so sanft wie möglich ins Wasser. Bloß kein Geräusch machen, dachte der Junge. Das Boot bewegte sich fast lautlos durchs Wasser, dicht hinter der Libelle her, die vor ihnen herflog. Es schien beinahe so, als ob das Boot hier im Sumpf Libellia von ganz allein folgte. Endlich – die Zeit kam den dreien endlos vor – wurden die Stimmen der Verfolger leiser, bis sie irgendwann völlig verstummt waren. Stattdessen störte das gelegentliche Unken von Kröten und das Summen von Mückenschwärmen die Stille. Die Geräusche eines riesigen Sumpfes umgaben sie jetzt.

„Wo führt uns Libellia hin?", fragte Fanina leise.

„Wir kommen hier schon wieder raus", flüsterte Utalon fasziniert. Sie hatte sich umgewandt und beobachtete die Libelle, die mal links, mal rechts durch die Baumstämme flog. Auch Florian wurde von der Magie des Sumpfes gefangen genommen, besonders, als plötzlich winzige Glühwürmchen auftauchten, die sich hinter dem Boot sammelten und ihm langsam folgten. Es mochte eine halbe Stunde oder länger vergangen sein, da öffnete sich der Wald und sie konnten im Mondschein eine kleine Insel erkennen. Weit sichtbar stand mitten darauf ein riesiger Baum, dessen mehrere Meter dicker Stamm sich in den Himmel streckte. Die Libelle schwirrte leise und immer noch silbern schimmernd auf den Stamm zu. Mit einem dumpfen Geräusch stieß das Boot ans Ufer und die Jugendlichen stiegen vorsichtig aus. Sie folgten der Libelle zu dem Baumriesen, unter dem ein mächtiger Felsen lag, der nun, da Libellia ihn erreichte, auch silbern zu schimmern begann. Als das Insekt ihn einmal umkreist hatte, wurde sein Schimmern sogar noch heller.

Schließlich ließ sich die Libelle auf der Spitze des Felsens nieder. Florian sah auf dem schimmernden Felsen ein merkwürdiges Schriftzeichen. Ein Elfensymbol, dachte er und berührte die Stelle vorsichtig mit der Hand, während die Libelle still auf dem Felsen verharrte. Im Moment der Berührung begann das Symbol, intensiv silbern zu leuchten, und der Felsen wölbte sich langsam. Dann fing er an, sich nach oben auszudehnen. Er wuchs wie eine Pflanze, nur in einem atemberaubenden Tempo. Gleichzeitig ließ der silberne Lichtschein auch die Büsche und Bäume in der Umgebung grün und saftig werden. Die Blumen fingen an zu blühen, das Gras zu sprießen. Das Licht des Felsens veränderte sich nach einer Weile. Nun leuchtete es golden auf die Pflanzenwelt herab.

Da begannen auch die Tiere zu erwachen. Vögel erfüllten die Luft mit ihrem Gesang und Gezwitscher. Kaninchen krochen aus verborgenen Löchern, Eichhörnchen stürmten durch das Geäst des riesigen Baumes. Ein Seeadlerpärchen flog über die Köpfe der Jugendlichen, ließ sich auf einem abgestorbenen Baumstamm am Ufer nieder und gab lang gezogene Schreie von sich. Als der Felsen fast zehn Meter hoch war, endete sein Wachstum. Das Licht breitete sich jetzt auf wundersame Weise über dem riesigen Baum aus. Schließlich hüllte ein goldenes und grünes Lichtermeer die gesamte Insel ein. Nach einer Weile nahm das Licht ab. Es schien, Nacht werden zu wollen. Die Insel kehrte wieder zu ihrem Schlaf zurück, in dem die Freunde sie bei ihrer Ankunft vorgefunden hatten.

Ein Summen erhob sich ringsum und aus den Büschen der Insel schwebten erst wenige, dann immer mehr silbern funkelnde Insekten, winzige Wesen, die zu der Lichtung mit dem Felsen flogen. Auch die Glühwürmchen, die dem Boot gefolgt waren, gesellten sich dazu. Langsam umkreisten die Insekten den Fels, auf dem nun Libellia thronte. Immer mehr der kleinen Wesen kamen herbei und surrten über den Köpfen der Jugendlichen. Lauter leuchtende Punkte, die zusammen fast wie eine kleine Galaxie aussahen.

Gebannt verfolgten die Freunde das Lichtspektakel. Die Libelle im Zentrum des riesigen Schwarmes glitzerte immer heller und heller, bis die drei meinten, die Helligkeit kaum noch aushalten zu können. Sie wandten die Augen ab und spürten, wie sich das silberne Licht veränderte. Es wurde blau, grün, gelb und schließlich rot. Bis es endlich einen goldenen, fast weißen Ton annahm. Dann nahm seine Intensität langsam wieder ab.

Am Ende öffneten die drei die Augen und sahen immer noch den silbern funkelnden Insektenschwarm. Doch hatten sich die kleinen Wesen nun in wunderschöne Libellen verwandelt. Libellia, ihre Königin, war aber die schönste von allen. Sie war nun golden und so riesig, dass die Jugendlichen Ehrfurcht ergriff. Rund um sie herum strahlte die Luft eine wunderbare Wärme aus, als wäre die Libelle eine lebende Sonne. Schließlich erhob sie sich und verschwand im Mondschein des Nachthimmels.

Auch die anderen Insekten verschwanden nun in der Dunkelheit. Nur einige kleine, intensiv silbern strahlende Wesen blieben auf dem Felsen zurück. Sie waren kleiner noch als Libellia, ihre große Mutter, vor ihrer Verwandlung. Florian schaute sich um. Wie ein riesiger Diamant, der explodiert ist und dessen feine Splitter in der Luft verschwinden, dachte der Junge. Neugierig starrte er die kleine Libelle an, die auf dem Felsen zurückgeblieben war. Er machte ein paar Schritte auf sie zu. Da erhob sie sich und flog auf seine Hand. Als er das zarte Wesen vorsichtig berührte, nahm sein silbernes Leuchten ab. Die Libelle auf seinem Finger schimmerte nur noch matt, bis der Glanz schließlich ganz erlosch. Erschrocken sah Florian das scheinbar leblose Insekt in seiner Hand an und blickte dann betroffen zu Utalon und Fanina.

„Das wollte ich nicht", sagte er schuldbewusst.

„Es ist nur geschehen, was vorherbestimmt war", tröstete ihn Fanina. „Jetzt ist der Traum zum Leben erwacht, von dem die Wesen auf dieser Insel so lange geträumt haben!"

„Ein magisches Wesen von unwahrscheinlicher Kraft ist heute Nacht geboren worden", sagte Utalon fasziniert. „Das war also die Insel der magischen Träume. Ein Traum von einem Wesen, das eine Zuflucht schaffen kann."

„Wo sollen wir heute Nacht schlafen? In der Pensionsgasse sind wir nicht mehr sicher", holte Fanina die beiden anderen zurück in die Wirklichkeit.

Da ihnen nichts Besseres einfiel, stiegen sie wieder in das Boot und stießen vom Ufer ab. Zum Glück fand es von alleine den Weg aus dem Sumpf zurück auf den Cerninia-See. Doch sie wagten nicht, zur Fischersiedlung zurückzukehren und so schliefen sie deshalb auf dem See treibend im Boot dicht aneinander gedrängt ein.

11
Die geheime Beratung

Auch dieses Mal roch es in der Schlucht nach Rauch, Quellwasser und vermodertem Holz. Die Frau mit dem weißen Gewand wartete mit verbundenen Augen neben dem rauschenden Wasserfall. Es schien eine andere zu sein als beim letzten Treffen, denn sie hatte schwarze statt blonde Haare. Der Zeremonienmeister auf dem dreizehnten Stuhl war schon anwesend, als die sechs roten und sechs blauen Kuttenträger erschienen. Doch dieses Mal kamen weitere zwei Dutzend verhüllter Gestalten und verteilten sich vor den Wänden.

Ein unruhiges Gemurmel erfüllte die Schlucht. Erst als der Zeremonienmeister die Hand erhob, kehrte Ruhe ein und eine bedrückende Stille breitete sich aus. Er deutete mit dem Zauberstab auf einen der blauen Magier.

„Was haben die Altdrachensteiner getan?", fragte er. Es war ein anklagender Ton in dieser Frage. Die Antwort gab der blaue Magier mit wütender Stimme.

„Sie haben bei den Prüfungen in schmählicher Weise gemogelt und das mit dem Wissen des Prüfungsgremiums. Man hat ihnen sogar ermöglicht, die beiden magischsten Höhlen unserer Enklave auszukundschaften. Sie haben die Portale zur Elfen- und zur Drachenenklave gefunden und sich Zugang verschafft. Etwas, was keiner von uns jemals geschafft hat. Gerüchten zufolge sollen sie die Elfenenklave betreten haben. Sie sind eine Gefahr für unsere Enklave!"

Der Zeremonienmeister schien jedoch unbeeindruckt, denn er deutete nur auf einen der roten Kuttenträger, der ungeduldig gewartet hatte.

„Das wichtigste ist doch, dass wir erfahren, wie man die Elfenenklave betreten kann und mit welchen Gefahren wir dort zu rechnen haben. Es ist das Wissen und die Magie der Elfen und Drachen, die wir uns aneignen wollen. Ob es dazu notwendig sein wird, die Höhlen dieser Wesen in unseren Besitz zu bekommen, können wir immer noch entscheiden."

Die Stimme des roten Kuttenträgers klang entspannt und die meisten seiner roten Kollegen gaben ihm recht. Ein Blauer widersprach aber vehement.

„Es ist unsere Enklave. Wir können hier keine Elfen und Drachen dulden. Die Geschichte zeigt, dass die drei magischen Wesen nicht erfolgreich zusammenleben können. Also müssen wir die Drachen und Elfen vernichten oder sie werden uns vernichten."

Laute Zustimmung der Blauen folgte. Die Roten dagegen protestierten wütend.

„Jeder Magier hat die Pflicht, für seine Art einzutreten. Hilft er den Elfen oder Drachen, ist er ein Verräter und gehört in Ketten gelegt. Weigert er sich, so ist er mit dem Tod zu bestrafen!", behauptete einer der blauen Kuttenträger.

„Der Bote des Lichts muss als Magier vor ein Magiergericht, das entscheidet, ob er irgendeiner Straftat schuldig ist oder nicht. Aber er ist erst fünfzehn Jahre alt, also noch ein Kind", entgegnete einer der Roten.

So ging es eine Weile hin und her. Schließlich stand der Zeremonienmeister auf, wandte sich an die Frau und verbeugte sich. Alle Magier folgten seinem Beispiel.

„Kassandra, sag uns, was geschehen soll? Was siehst du?"

Die Frau wandte sich wortlos zum Wasserfall und hob die Hände. Die Wassermassen, die ins Becken stürzten, wurden mehr und mehr, das Licht immer intensiver. Schließlich steigerte sich das Rauschen in der Höhle fast ins Unerträgliche. Das Wasser floss aus dem Becken und sprudelte um die nackten Füße der Seherin. Blitze traten aus ihren Händen und vier kleine Puppenfiguren tauchten aus den silbrig leuchtenden Wassermassen auf. Sie schwebten zum Rand des Beckens. Eine grau-metallisch schimmernde Kette schlängelte sich über die Wasseroberfläche und umkreiste die vier Figuren. Sie zog immer engere Kreise, bis die Körper bewegungsunfähig zusammengepresst waren. Und wieder fragte der schwarze Magier, ob jemand einen Einwand vorzubringen hätte, doch niemand ergriff das Wort.

„So soll es denn geschehen", sagte der Zeremonienmeister und verschwand in einem Lichtblitz. Auch Kassandras Konturen verschwammen immer mehr. Schließlich wurden sie und der Wasserfall Teil der Dunkelheit.

Heftige Proteste der Roten folgten. Sie forderten die Freiheit der Jugendlichen. Und auch die Blauen waren unzufrieden, denn sie verlangten den Tod dieser Störenfriede. Es dauerte lange, bis die Diskussionen abnahmen und sich die Höhle nach und nach leerte. Bis auf zwei Kuttenträger waren schließlich alle nach

Hause zurückgekehrt. Die Verbliebenen trugen blaue Umhänge.

„Und Sie, was wollen Sie, mein lieber von Galgenberg?", fragte der eine.

„Wir! Was wollen wir, Lemort! Wir wollen alles! Den Körper des Drachen, die Seele von Florian Sickner und den Tod der Elfin. Der Vierte, Torben Franzner, ist mir egal, obwohl der Tod wohl das sinnvollste Schicksal dieser Kreatur wäre. Mit dem Körper des Drachen können wir die Seele von Florian Sickner an uns fesseln. Diese beiden sind immer noch der Schlüssel zur Macht in Altdrachenstein. Und die Elfin muss sterben, weil sie versuchen wird, unseren Plan um jeden Preis zu verhindern."

Lemort sah von Galgenberg skeptisch an. Dieser lächelte siegessicher und fügte hinzu: „Aber alles Schritt für Schritt. Nur wenn wir Florian und seinen Drachen in unserer Hand haben, können wir anfangen, die Enklave in unsere Gewalt zu bekommen. Erst dann können wir diejenigen aus dem Weg räumen, die uns stören."

„Wir haben es letztes Mal nicht geschafft, einen Drachen zu töten. Wie sollen wir es nun schaffen, einen gefangen zu nehmen und uns gefügig zu machen?"

Statt einer Antwort holte von Galgenberg eine schmale, lange Schachtel unter seiner Kutte hervor und öffnete grinsend den Deckel. Ein Reptil, das einer Echse ähnelte, öffnete müde ein Auge. Lemort erschrak bei dem Anblick so sehr, dass er schnell zwei Schritte zurücktrat. Er hatte seinen Zauberstab gezogen und zielte auf die Schachtel.

„So ängstlich, Lemort", sagte von Galgenberg verächtlich.

„Das ist ein Drachenmolch!", erwiderte Lemort angespannt. „Wegen seiner enormen magischen Kraft gibt es kaum ein gefährlicheres Tier!"

„Schön, dass Sie dieses Tier erkannt haben. Dann wissen Sie ja auch, dass ein Drachenmolch bei Gefahr nicht nur die Gestalt eines Drachen annehmen kann, sondern auch, dass seine Kampftechnik jenem magischen Wesen ähnelt. Es handelt sich also um ein ideales Übungsobjekt, an dem man erproben kann, wie ein echter Drache zu besiegen ist."

„Was haben Sie vor?", fragte Lemort stirnrunzelnd.

„Schauen Sie einfach zu und merken Sie sich die Zaubersprüche!", erwiderte von Galgenberg.

Er stellte die Schachtel mit dem Molch auf den Boden. Dann gingen er und Lemort einige Meter zurück.

„Zunächst werde ich den Molch erschrecken, damit er seine Drachengestalt annimmt."

Von Galgenberg zielte mit seinem Zauberstab auf die Schachtel. Ein Blitz verließ die Spitze und schlug dicht vor ihr in den Boden ein. Mit einem Satz sprang der Drachenmolch aus der Schachtel. Er schimmerte jetzt silbern und in wenigen Sekunden schwoll sein Körper auf die Größe eines echten Drachen an. Von Galgenberg holte aus einer Tasche ein seltsames vielzackiges Blatt, das er nun in eine kleine Wolke aus winzigen, silbernen Partikeln verwandelte: *„Laufs dauns!"*

Im gleichen Moment, in dem der falsche Drache sein Maul öffnete und Rauch daraus hervorquoll, raste die kleine Silberwolke blitzartig auf ihn zu und hüllte

146

ihn vollständig ein. Das Wesen in der Wolke war jedoch noch sehr gut zu erkennen. Alles, was sich von nun an in dieser Wolke abspielte, geschah wie in Zeitlupe: Der Drachenmolch spuckte einen Feuerstrahl aus, der sich langsam in die Richtung von Galgenbergs bewegte. Gemächlich machte der Magier einen Schritt zur Seite. Dieses Schauspiel wiederholte sich noch zweimal. Dann versetzte von Galgenberg den falschen Drachen mit dem Fluch *„Gaslepan"* wieder in einen tiefen Schlaf. Er würde erst erwachen, wenn er seine Gestalt als Drachenmolch angenommen hatte.

„Wie sind Sie darauf gekommen?", fragte Lemort fasziniert.

„Galawan der Zweite von Altdrachenstein war der erste Elf, dem es gelang, Drachen gefangen zu nehmen. Ich fand bei Nachforschungen in alten Unterlagen heraus, dass dabei Drachenmolche und Blätter von Moorgeistkraut eine Rolle spielten."

Von Galgenberg holte ein weiteres vielzackiges Blatt hervor, das er seinem Kollegen hinhielt. Der nahm es in die Hand und roch daran.

~~~

Im Morgengrauen erwachten Florian, Fanina und Utalon genau an der Stelle, an der sie das Boot in der Nacht losgemacht hatten, um vor den Magiern des Portalmaurerordens zu fliehen. Die Fischersiedlung strahlte eine friedliche Ruhe aus, nur einige eingeschlagene Fenster und herausgerissene Türen bezeugten den nächtlichen Überfall. Vorsichtig betraten die drei das Ufer, voller Angst, ob nicht gleich ein Magier einen Fluch auf sie abschießen würde. Doch die Helligkeit schien einen gewissen Schutz zu bieten. Niemand hatte mehr Interesse an ihnen. Trotzdem kehrten sie um und beschlossen, an einer anderen Stelle an Land zu gehen. Sie ruderten die Küste entlang, bis sie eine kleine Halbinsel fanden, die unverdächtig aussah. Utalon verwandelte sich in eine Eule und kundschaftete den Weg zu ihrer Herberge aus. Gut eine Stunde später erschien sie wieder in Magiergestalt bei Florian und Fanina. Im Schlepptau hatte sie Torben, der einen Rucksack mit Essen mitgebracht hatte.

„Ist euch jemand gefolgt?", fragte Florian seinen Freund.

„Es stand nur einer vor dem Haus und den konnten wir schnell abhängen", antwortete Utalon an Torbens Stelle.

Das fand Florian seltsam. Vielleicht waren die Magier der Ansicht, dass es gestern Abend Elfen aus der Siedlung gewesen waren, die ihnen das Leben so schwer gemacht hatten.

„Ich habe gestern Nacht nichts und niemand gehört und Frau Eschelbach auch nicht. Deshalb konnte ich kaum glauben, was mir Utalon über euren nächtlichen Ausflug erzählt hat. Ich hab euch euer Frühstück mitgebracht und danach überlegen wir, wo es ein sicheres Plätzchen für euch gibt. Auf Wunsch von Drachennot habe ich außerdem Rufus gebeten, vorsichtig bei den Portalmaurern nachzufragen, was los ist."

Florian war baff. Offenbar hatte Direktor Drachennot mit so etwas gerechnet und ihn trotzdem hierher geschickt. Der Junge bestand darauf, dass sie sich sicherheitshalber ein Stück weit von Cerninia entfernten. An einem kleinen Bächlein frühstückten sie.

„Dann wirst du also heute Abend zu den Kwantentorfs gehen und herausfinden, wo wir übernachten und ob wir morgen noch hierbleiben können", überlegte Florian.

„Die Portalmaurer verhalten sich normalerweise friedlich. Es ist mehr als ein Jahr her, dass sie die Fischer in der Siedlung so tyrannisiert haben wie letzte Nacht", erwiderte Torben.

Fanina schüttelte den Kopf.

„Ich gehe heute auf jeden Fall zu den Elfen und bleibe bei ihnen, bis das hier geklärt ist."

„Ich auch", sagte Utalon. „Die Magier wollen mich umbringen, also was soll ich in Cerninia?"

„Und ich vertraue der Gastfreundschaft der Elfen erheblich mehr als der der Magier", sagte Florian spontan.

„Also gut", meinte Torben. „Ich glaub zwar nicht, dass es so schlimm werden wird, aber wir können es ja so machen: Wir gehen alle zusammen zu den Elfen und nehmen heute Abend die letzte Gletschergondelbahn nach unten. Unten wartet ihr beim Fischreusenwanderweg, und ich gehe zu den Kwantentorfs und erkundige mich bei Rufus Vater, ob wir uns in Cerninia noch frei bewegen können. Falls nicht, wird der uns bestimmt eine Nacht Zuflucht vor den Portalmagiern gewähren. Er selbst gehört ja zur Zauberstabzunft. Dann können wir morgen aus der Enklave verschwinden."

Die anderen drei willigten in Torbens Plan ein, selbst Fanina war einverstanden.

Die Freunde ließen sich Zeit und standen erst um zwölf vor dem Elfenschloss in der Negernhöhle. Erneut verwandelte Fanina die Wand hinter dem Höhlenfarnkraut in eine magische Wand, durch die sie zu dem Löwenkopf gelangten.

„Sugil mena stairno!", sagte sie. Der Löwenkopf verschwand und das dunkle Gestein des Portals verwandelte sich in einen rosa Dunst. Zufrieden lächelte die Elfin machte einen Schritt in den Dunst hinein und war verschwunden. Müde folgten die drei Freunde ihr. Wieder umfing sie Schwerelosigkeit.

Sie gelangten in die Elfenenklave und wurden unten im Tal von einigen Dutzend singenden Elfen erwartet. Als sie den Dorfplatz erreichten, hatten sich die Einwohner dort versammelt, um sie zu begrüßen. Die meisten blickten ihnen erwartungsvoll und neugierig entgegen, einige machten jedoch mürrische Gesichter, als ob sie mit dem freundlichen Empfang nicht einverstanden wären.

Eine alte Frau löste sich jetzt aus der Menschenmenge und kam auf die vier Besucher zu. Sie blieb vor den Altdrachensteinern stehen, blickte von einem zum anderen und hatte plötzlich Tränen in den Augen. Dann sagte sie:

„Ich heiße Tanan Hunuan und bin die Älteste in diesem Dorf. Wir haben sehr lange auf diesen Augenblick gewartet, aber nun ist er wahr geworden."

Sie trat auf das Elfenmädchen zu und nahm sie wortlos in den Arm. Lange hielt sie sie in den Armen und sang einige leise Strophen in der Elfensprache, die Fanina singend wiederholte. Dann löste sich die Alte von ihr und nahm auch Florian und Torben in ihre Arme, ohne jedoch zu singen. Schließlich stand sie vor

Utalon und sah das lächelnde Mädchen ängstlich an. Sie spürte wohl den Drachengeist in diesem Körper. Deshalb machte Utalon einen schnellen Schritt auf Tanan Hunuan zu und drückte sie an sich. Erschrocken hielten alle Dorfbewohner den Atem an. Da löste sich das Drachenmädchen wieder von der alten Frau, strahlte sie freudig an und sagte:

„Ich freue mich, dass ihr uns bei euch willkommen heißt und wünsche mir, dass wir für immer Freunde sein werden."

Tanan Hunuan umarmte nun ihrerseits Utalon und sagte schluchzend: „Das werden wir, das werden wir bestimmt."

Nun trat ein Mann aus der Menge und stellte sich neben die Dorfälteste. Er ergriff Faninas Hand und sagte:

„Ich heiße Ewalon und wollte mich bei euch entschuldigen für die Angst, die wir euch eingejagt haben. Wir wussten nicht, ob eure Absichten wirklich friedlich waren."

Er drückte auch Torben, Florian und schließlich Utalon die Hand. Damit war der Bann endgültig gebrochen. Alle Einwohner des Dorfes wollten nun die Neuankömmlinge begrüßen. Sogar die Kinder kamen und berührten die Altdrachensteiner, als ob sie nicht glauben konnten, dass diese Wesen wirklich echt wären. Die anfängliche Distanz hatte sich in Neugier verkehrt.

Nach und nach erfuhren die Altdrachensteiner die Geschichte der Enklave: Kamnuan, so hieß sie, war schon während der Kämpfe vor über vierhundert Jahren errichtet worden. Die Elfen wollten sich auf diese Weise eine Zuflucht schaffen für den Fall, dass sie den Kampf verloren.

Dann erzählte Fanina von der Schule Burg Altdrachenstein, auf der sie, Florian und Torben kennengelernt hatte. Sie berichtete auch von dem Versuch der beiden Magier von Galgenberg und Lemort, die Elfen aus der Enklave zu vertreiben und wie sich diese dagegen erbittert gewehrt hatten. Besonders betonte sie dabei Florians Rolle, wie er den magischen Stock gepflanzt hatte und damit den Elfen das Tal und ein neues Zuhause schenkte. Die Elfen erfuhren, dass die Enklave in Altdrachenstein um ein Vielfaches größer war als Kamnuan.

Zuletzt erzählte Florian von dem Versuch von Galgenbergs und Lemorts, die Enklave Altdrachenstein erneut in ihre Gewalt zu bringen und die Kristallhöhle der Drachen in Besitz zu nehmen.

Gebannt hatten die Kamnuaner den Altdrachensteinern zugehört. Jetzt fingen einige an, auf ihren Flöten und Zupfinstrumenten eine betörende Tanzmusik zu spielen. Fanina wurde von einem Jungen aus der Enklave zum Tanzen aufgefordert. Bald darauf folgten ihnen erst Torben und Utalon und dann Florian mit einem hübschen Mädchen, das ihn verführerisch angelächelt hatte.

Als alle vom Tanzen erschöpft waren, schwebten auf wundersame Weise Getränke und Essen heran. Begeistert griffen Bewohner und Gäste zu. Eine geheimnisvoll betörende Stimmung umfing die Altdrachensteiner und machte sie schläfrig. Unbekannte exotische Kräuterdüfte hingen in der Luft und betäubten sie zusätzlich. Sie fingen an, zu träumen. Als die Sonne schon fast den Horizont erreicht hatte, beschlossen sie aufzubrechen. Alle Versuche der Kamnuaner, sie zum Bleiben zu bewegen, waren vergeblich. Die Altdrachensteiner wollten unbedingt nach Hause. Die Enttäuschung der Kamnuaner war groß, denn sie hatten gehofft, ihre Gäste über Nacht dazubehalten. Doch Fanina beharrte darauf zu gehen. Sie müssten unbedingt erfahren, ob es in der Enklave für sie noch sicher sei.

Doch auf dem Rückweg wartete eine böse Überraschung auf die Freunde. Als sie die Elfenenklave durch das wohlbekannte Portal verließen, leitete sie die Schwerelosigkeit plötzlich fehl. Der Aufprall auf dem harten Fels kurz darauf war ebenso unangenehm wie der Ort, an dem sie sich plötzlich wiederfanden. An die Stelle wohliger Erschöpfung traten Angst und Misstrauen. Es war nicht das Portal, durch das sie auf ihrem Hinweg in die Schmalschluchter Negernhöhle gelangt waren. Es war das falsche Portal!

Durch geheimnisvolle Weise waren sie an das Ende einer engen Schlucht gelangt. Ein Blick zurück offenbarte ihnen, dass dort eine dunkle Öffnung im Felsen lag, in die grauer Dunst von oben nach unten waberte. Florian ergriff das Grauen, als er das silberne Schild mit dem Totenkopf neben dem Eingang sah. Es war der ihm und Utalon nur allzu bekannte Totenkopf der Söldner aus Cerninia, als sie vor einigen Monaten die Enklave Altdrachenstein überfallen hatten. Dieses Schild verhinderte die Rückkehr über diesen Eingang. Wer es trotzdem versuchte, den traf der Todesfluch. Der Weg zurück war also versperrt. Sie schauten wieder nach vorn und alle zückten ihre Zauberstäbe. Die Schlucht war zwar nur ein paar Meter breit, doch die Wände ragten überall in die Höhe. Nach einer Weile öffnete sie sich und bot den Jugendlichen einen atemberaubenden Blick in einen schrecklichen Abgrund. Ein Schild wies auf einen Pfad den Berg hinauf: „Harzheimer Burg, 1 Stunde." Torben wurde blass.

„Wir sind auf der Nordseite des Gletschers. Von hier gibt es keinen Weg zurück. Wir werden also in der Burg übernachten müssen – wenn sie denn überhaupt besetzt ist."

Sie überlegten hin und her. Der Weg hinunter ins Tal war nach Ansicht von Torben nur mit Klettererfahrung zu bewältigen. Außerdem mussten sie dann um den gesamten Gletscher wieder herum. So blieb nur der Weg hinauf zur Burg.

„Warum nur hat uns das Portal hierher gebracht?", fragte Fanina.

Keiner wusste eine Antwort darauf. Keiner wagte auszusprechen, dass das Portal vielleicht manipuliert worden war. Nachdenklich und sorgenvoll gelangten die Freunde zu einem Tunnel, in den sie hineingehen mussten. Als sie ihn endlich verließen, war es schon dunkel. Sie waren wieder in einer Schlucht. Weit oben meinten sie, Mondlicht und Sterne am Nachthimmel erkennen zu können. Vorsichtig schlichen sie vorwärts. Eine kleine rote Kugel aus Faninas Zauberstab zeigte ihnen den Weg.

Als sie eine Biegung erreichten, erblickten sie in der Ferne einen matten Lichtschein. Die Schlucht weitete sich hier. Als sie näher kamen, sahen sie, wie eine kleine Burg auf einer Anhöhe über einem Talkessel thronte. Dahinter ragte eine sehr steile Felswand empor. Ein Weg schlängelte sich in die Höhe und führte zu einem massiven Holztor. Einige dunkle Vögel kreisten über dem Gebäude. Außerdem stellten sie fest, dass es außer ihrem keinen weiteren Ausweg aus dem Talkessel gab.

„Hier kommen wir nie wieder raus", sagte Torben mit Verzweiflung in der Stimme.

„Unsinn", meinte Fanina. „Auf dem Pfad, den wir gekommen sind, sind vor langer Zeit Wagen gefahren. Hast du nicht die Rillen im Boden gesehen? Die Burg ist geschaffen worden, um den Weg zu kontrollieren. Wir müssen nur den Weg finden, der aus dem Tal herausführt."

Ihre Augen tasteten die Hänge und Felswände ab. Doch schließlich schüttelte auch sie ratlos den Kopf.

„Vielleicht sollten wir in der Burg um Unterkunft bitten. Da brennt doch Licht", erwog Florian.

„Es gibt noch einen anderen Weg hinaus, der über ein Geröllfeld führt", sagte Utalon. „Aber es ist so dunkel, dass wir uns die Knochen brechen. Außerdem wissen wir nicht, ob die Steine halten. Wir müssen warten, bis es Tag wird. "

Sie berieten sich eine Weile. Dann entschieden sie sich dafür, in der Burg um einen Platz für die Nacht zu bitten. Kurz darauf standen sie vor dem massiven Holztor. Torben wollte schon dagegen klopfen, als er bemerkte, dass das Tor ein ganz klein bisschen geöffnet war. Er drückte dagegen und mit einem tiefen Knarren schwenkte es langsam auf. Mit gezückten Zauberstäben schlichen sie durch einen langen Tunnelgang. Sie gelangten in einen engen Burghof, von dem drei Türen zu den beiden Wohntrakten abgingen. Neben einer der Türen schimmerte Licht durch ein kleines Fenster. Als sie hineinspähten, war niemand zu sehen. Vorsichtig betraten sie den Raum durch die nur angelehnte Tür. Drei Kerzen in einem Kerzenleuchter und ein eiserner Ofen verbreiteten eine wohlige Atmosphäre. Trotzdem blieben die Jugendlichen vorsichtig. Jemand musste hier sein, aber wo. Fragend schauten sie sich an. Sie gelangten in einen Flur, von dem eine zweite Tür abging, die verschlossen war. Eine Treppe führte in den ersten Stock hinauf. Mutig entschloss sich Torben, dort hinaufzugehen. Doch als er auf die zweite Stufe trat, brach diese mit einem Krachen ein. Wütend rappelte er sich wieder auf.

„Wenn ihr mich fragt, dann sollte wir hier verschwinden", flüsterte er.

In der Zwischenzeit hatte Utalon eine Tür gefunden, die nach draußen führte. Sie öffnete sie und winkte den anderen, ihr zu folgen. Sie hielt ihren Zauberstab in der Hand, ging auf die dritte Tür zu und horchte dort kurz.

„Ich höre Stimmen und rieche Essen. Es gibt Hirschfleisch. Mmh lecker", sagte sie grinsend.

Fanina nickte ihr zu und Utalon öffnete die Tür. Die vier Freunde blickten in einen kleinen Flur, in den matter Lichtschein und Stimmen drangen. Langsam ging Utalon voran und spähte in einen Raum voller Leben. Vorsichtig folgten die anderen drei. Fünf kleinere Tische drängten sich eng an die Wände. An einem spielten drei Männer Karten. Ein kleines Fenster besaß der Raum auch und in einer Ecke stand eine Theke, hinter der ein Mann geschäftig Krüge und Becher abwusch. Hinter ihm brutzelte Fleisch in zwei Pfannen und irgendetwas blubberte in einem Kochtopf.

In diesem Moment sah einer der Kartenspieler zur Tür und erblickte die Jugendlichen. „Kundschaft, Heinrich", rief er.

„Was wollts noch so spät? Wo kommt ihr überhaupt her?"

Der Wirt machte ein nervöses Gesicht. Auch die drei Männer, die rund um den Tisch saßen, hatten ihr Spiel unterbrochen und musterten die Jugendlichen neugierig. Sie waren im mittleren Alter und allesamt recht kräftig, doch nirgendwo waren Zauberstäbe zu sehen. Torben drängte sich an den anderen vorbei und sagte:

„Wir sind Studenten, unten aus Cerninia. Wir haben eine Wandertour gemacht und uns verlaufen. Jetzt wollen wir wieder zurück in die Stadt. Könnten Sie uns bitte den Weg zeigen?"

Für einen Moment herrschte Stille. Der Wirt und zwei der Kartenspieler schauten zum dritten hinüber, der sich mit einem Finger nachdenklich an seiner Hakennase kratzte. Er schien derjenige zu sein, der die höchste Autorität besaß.

„Ich heiße Matthäus Grassner und bin der Burgherr. Es ist schon dunkel und deshalb zu spät, um den Weg über den Berg zu nehmen. Die Nutzung des Portals ist es bei den derzeitigen nächtlichen widumagischen Störungen auch zu gefährlich. Tut mir leid."

Er machte eine Pause und musterte seine nächtlichen Gäste einen nach dem anderen. Ein freundlicher, mitunter spöttischer Zug umspielte dabei seine Mundwinkel, doch seine Stimme klang beruhigend:

„Es ist am besten, wenn ihr heute hier übernachtet und morgen den Heimweg antretet. Um sechs wird es hell, dann könnt ihr auch wieder das Portal nutzen. Denn der Weg über das Geröllfeld ist selbst tagsüber sehr gefährlich, wenn man ihn nicht kennt. Ihr könnt in der Gesindekammer übernachten. Heinrich, am besten zeigst du ihnen den Raum, nachdem sie etwas gegessen haben."

„Natürlich", sagte der Wirt gefügig und nickte den Jugendlichen wohlwollend zu. Dann deutete er auf einen der kleinen Tische. Die Altdrachensteiner nahmen Platz und aßen eine kleine Scheibe Brot. Kurz darauf folgten sie dem Wirt in die Gesindekammer, die eine Art dunkles Loch im ersten Stock war. Ein kleiner Raum mit zwei doppelstöckigen Betten und einem doppelt vergitterten Fenster.

„Wie in Altdrachenstein", sagte Torben. „Nur haben wir hier den Blick auf ein dunkles kleines Tal statt auf einen großen See."

„In Altdrachenstein waren die Fenster wenigstens nicht vergittert und die Zimmer ein bisschen größer", wandte Fanina ein. „Und die Tür lässt sich hier auch nicht abschließen."

Auch nach längerem Suchen konnten sie den Schlüssel für diese Kammer nicht finden.

„Es hätte schlimmer sein können", meinte Utalon entspannt.

„Mir gefällt der Raum auch nicht", sagte Florian. „Ich finde, dass er viel Ähnlichkeit mit einem Gefängnis hat. Was, wenn die Tür jemand abschließt?"

„Macht euch keine Sorgen", gähnte Utalon, „die Tür knacke ich mit Leichtigkeit und durch das Fenster kommen wir auch raus."

Die drei nickten zustimmend, und doch blieb ein Gefühl des Unbehagens. Es wurde ein unruhiger, langer Weg in den Schlaf für Florian.

12

Die Falle

Am nächsten Morgen wurde Florian von einem warmen Lichtstrahl geweckt. Torben stand neben Fanina am kleinen Gitterfenster und beide schauten der über die Bergspitzen gekletterten Sonne zu. Als Florian sich bewegte, quietschte sein Bett und die beiden wurden auf ihn aufmerksam.

„Wir sind viel zu spät dran. Es ist schon nach neun. Der Wirt muss uns irgendwas ins Essen getan haben", sagte Torben. Fanina nickte.

Aber warum, dachte Florian. Da streckte sich Utalon im Bett unter ihm. Eine Holzstrebe zerbarst. Erschrocken schaute er nach unten. Torben lachte und Fanina grinste. Utalon stand überrascht auf.

„Tut mir leid", sagte sie. „Aber es ist so eng und einmal muss ich ja auch Luft holen."

Fünf Minuten später betraten die Freunde den Essensraum der Burg. Doch er war verlassen, genauso wie die ganze Burg. Keine Magierseele war weit und breit zu sehen oder zu hören, sogar der Ofen war ausgegangen.

„Entweder sind sie gestern spät abends noch los oder heute ganz in der Frühe. Was mögen sie nur vorhaben?", sagte Fanina kopfschüttelnd. Nach einem Blick in die Küche kam sie mit ein paar Stengeln in der Hand zurück.

„Siebenschläferkraut", sagte sie in einem anklagenden Ton. „Es macht fröhlich und unbesorgt.

Wahrscheinlich haben sie uns gestern etwas davon ins Essen getan."

Die vier Freunde beratschlagten sich und beschlossen, die Burg sofort zu verlassen. Irgendetwas stimmte hier nicht.

Bald darauf liefen sie den Serpentinenweg hinunter ins Tal, bis sie vor einer Abzweigung standen. Ein Weg führte in eine enge Schlucht, der andere hinauf in ein unübersichtliches Geröllfeld.

„Eselshorner Kletterhütte 1 Tag, Cerninia Talstation 2 Tage oder Cerninia Portal 20 Minuten", las Utalon. „Was meint ihr?"

Niemand von ihnen wollte tagelang durch irgendwelche unbekannten Bergregionen wandern, also nahmen sie den Weg zum Portal. Er führte sie durch eine enge Schlucht, in die hin und wieder auch ein mehrere Meter langer Tunnel geschlagen war. Schließlich gelangten die Freunde zu einem breiten Höhleneingang, aus dem ein kleines Bächlein plätscherte. Vorsichtig gingen sie in die Höhle hinein und folgten einem Stollen, der vor einer massiven Felswand endete. Eine Silberplatte mit einem Symbol war in den Fels eingelassen. Alle hatten ihre Zauberstäbe in den Händen. Selbst Utalon.

„Das Symbol für eine Wasserquelle", flüsterte Fanina. *„Brunna framjan!"*

Die Felsplatte verwandelte sich in eine undurchsichtige, sprühende Wasserwand.

„Es sieht aus wie ein ganz normales Portal, wie das in der Zitadelle in einem der acht Oktanten", sagte Torben und drückte gegen die Silberplatte.

Ein Farbstrudel wurde hinter dem Wasservorhang sichtbar. Er trat in ihn hinein und verschwand. Die anderen folgen ihm.

Florian stolperte, dann sah er die Mädchen vor sich auf einem gepflasterten Weg. Neben ihm geriet Torben ins Straucheln, schnell streckte er dem Freund die Hand hin. Dann hielten die vier inne und sahen sich um. Steil aufragende Felswände säumten den Weg links und rechts. Vor ihnen war eine schmale Gasse, die allmählich breiter wurde. Ein matter bläulicher Lichtschein fiel in die enge Schlucht, offenbar Tageslicht. Langsam schlichen sie den Weg weiter. Immer noch hielten sie aufmerksam und misstrauisch ihre Zauberstäbe in den Händen. Nach einer Weile kamen sie an eine Biegung. Dahinter öffnete sich die Schlucht. Ein Holzhaus wurde sichtbar, davor ein Becken, in das ein kleiner, aber hoher Wasserfall stürzte. Das Wasser erzeugte einen Sprühnebel und verhüllte die dahinter liegende Felswand. Der rauschende Klang wirkte beruhigend. Ein paar Stühle standen vor einer halbkreisförmigen Felswand. Die Hütte schien bewohnt zu sein, denn aus dem Schornstein quoll schwarzer Rauch. Eine Gaststätte, dachte Florian und ließ den Zauberstab sinken. Da traten aus dem Wasserdunst verhüllte Gestalten hervor. Er zählte zwölf Schatten, zwölf Schatten mit Zauberstäben in den Händen.

„Lasst uns verschwinden", schrie er den andern zu und wandte sich um. Sie rannten die Schlucht zum Portal zurück und hörten die Stiefel hinter ihnen. Doch als sie den Tunneleingang erreichten, starrte sie eine graue steinerne Wand an. Verzweifelt suchten sie den Felsen ab, um eine Lücke zu finden. Das Portal war verschwunden. Die Stiefel hinter ihnen waren zum Stillstand gekommen. Florian drehte sich um.

„Ergebt euch! Ihr habt keine Chance!", schrie von Galgenberg.

Der Junge blickte zum Drachenmädchen. Er sah, wie Nebel sie einhüllte. Dann spürte er, wie er schrumpfte. Blitze rasten aus den Reihen der Magier auf die Freunde zu. Über ihn zuckten sie hinweg, doch Torben und Fanina wurden getroffen. Da schnappte ein Vogelkopf nach ihm.

„Sie haben sich verwandelt. Lasst sie nicht entkommen!", schrie von Galgenberg.

~~~

Florian befand sich im Schnabel einer Eule. Es war Utalon. Sie hatte ihn in eine Maus verwandelt und flog nun mit ihm im Schnabel durch die Luft. In der dämmrigen Schlucht zischten Flüche links und rechts an ihnen vorbei. Kurz darauf spürte er einen Schlag und merkte, wie Utalon ins Trudeln geriet. Sie musste irgendwo dagegen geflogen sein, doch sie fing sich wieder. Bald danach lag er im Wasser und versuchte verzweifelt, Luft zu schnappen. Doch das Wasser drang ihm schon in die Lungen. Da spürte er, wie seine Krallen zu Händen wurden. Steine stachen ihm in den Rücken und das Wasser umspülte ihn nun. Florian hob den Kopf und hustete ein paar Mal. Es war bitterkalt. Vor sich sah er eine Felswand, über die ein Wasserfall herabstürzte.

Er befand sich hinter dem undurchsichtigen Wasserschleier des Wasserfalles. Das vermutete Florian zumindest, denn manchmal meinte er, aufgeregte Schreie und Stimmen durch das Rauschen hören zu können. Auch links und rechts von ihm behinderten Wasserschleier die Sicht. Dicht hinter ihm versperrte eine feuchte Felswand den Weg. Utalon hockte neben ihm auf einem kleinen Felsvorsprung und schaute ihn ängstlich an. Dabei flatterte sie hin und wieder mit ihren Flügeln, bemüht, nicht von dem Felsen herunterzurutschen. Langsam begann die Kälte des Wassers zu schmerzen. Florian drückte sich in die sprühende Wasserwand hinein und versuchte, einen Blick auf die andere Seite zu erhaschen. Seltsamerweise schien es auf der Vorderseite des Wasserfalles dunkler zu sein. Nach einem ersten hastigen Blick riskierte er einen zweiten. Tatsächlich, in der Schlucht dahinter war es fast vollkommen dunkel. Nur die Holzhütte spendete mit ihren matt erleuchteten Fenstern etwas Licht. Fast wäre Florian einfach durch das Wasserbecken ins Trockene gewatet. Doch dann überlegte er es sich anders und kehrte hinter den feuchten Vorhang zurück. Dort berichtete er Utalon. Sie schüttelte ihren Eulenkopf.

„Erst wenn es ganz dunkel ist, können wir es wagen zu fliehen."

Florian hatte keine Ahnung, ob und wie er die verdammte Kälte weiterhin aushalten würde. Doch dann bemerkte er, dass der Wasserfluss immer mehr abnahm. Zunächst erfreute ihn das sehr, bald jedoch verdrängte das Grauen die Freude. Die Angst, entdeckt zu werden, war übermächtig.

Der Junge spürte, wie seine Furcht eine unruhige Bewegung in der Jackentasche auslöste, in der sich die Portalschwalbe Navigina befand, die ihm Naneas Mutter gegeben hatte. Irgendwann schlüpfte sie einfach hinaus, flog ein paar Mal um seinen Kopf und verschwand dann durch eine Lücke im Wasservorhang.

Inzwischen war das Wasser so sehr versiegt, dass der Wasserfall kaum mehr einen Meter breit war und der feuchte Sprühnebel die Gestalten dahinter nur noch spärlich verbarg. Da ertönte von Galgenbergs Stimme drohend aus der Dunkelheit:

„Ergebt euch! Ihr habt keine Chance zu entkommen!"

Florian konnte in der Dunkelheit nichts erkennen. Doch er spürte, dass Utalon im Gegensatz zu ihm ihre Gegner genau beobachtet hatte. Er sah, wie die Eule in einer Dunstwolke verschwand, um kurz darauf als riesiger Drache zurückzukehren. Ihr mächtiger Körper schien fast die ganze Felswand hinter dem Wasserfall auszufüllen.

„*Dauns wasjan!*", schrie der Junge, während er mit dem Zauberstab auf das Wasserbecken vor sich zielte. Eine noch größere Wolke hüllte ihn und Utalon nun ein. Trotz des Nebels sah er ein Dutzend Blitze in die Wolke hineinjagen, die sie beide schützen sollte. Utalons Schmerz- und Wutschreie drangen zu ihm, während er selbst noch nicht getroffen worden war. Er hatte sich ins eiskalte Wasser geworfen, um Schutz vor den Flüchen der Magier zu finden. Dann sah er, wie Utalon auf die Seite fiel. Als der Lichtschein eines mächtigen Fluches die Dunkelheit erleuchtete, bemerkte er schließlich das goldene Netz, das sich über die Schlucht spannte. Sie hatten keine Chance zu entkommen. Erneut rasten Lichtblitze an ihm vorbei und Utalon wurde ein weiteres Mal getroffen.

Ihr Kopf schlug neben ihm ins Wasser und schaute nur noch zur Hälfte heraus. Sie atmete schwer. Florian kroch dichter an sie heran. Mit Tränen in den Augen schlang er seine Arme um ihren Hals.

„Ich habe kaum noch Kraft für einen Fluch", summte das Drachenmädchen leise, „aber einen von uns kann ich noch retten. Von Galgenberg darf dich nicht in seine Hände bekommen, Florian."

Er spürte, wie sie Luft holte und ihren Kopf nach oben wandte, zum goldenen Netz, das sie in der Schlucht gefangen hielt. Doch in diesem Moment traf sie ein weiterer mächtiger Fluch. Ihr Kopf fiel ins Wasserbecken zurück und eine Welle überschwemmte ihn. Wasser drang in seine Nase ein und er spürte einen Schlag gegen seinen Kopf. Dann wurde alles hell und schließlich schwarz.

~~~

Der Drache trug eine Panzermaske um den Kopf, die mit Ketten an einem Ring um den Hals befestigt war. Doch er lag auf der Seite, als ob er tot wäre.

„Der Drache lebt, aber er ist immer noch gefährlich", erklärte von Galgenberg den anderen Magiern, die in seiner Nähe waren, während gut drei Dutzend weiter hinten weilten. Er war sehr zufrieden.

„Mir ist überhaupt nicht wohl dabei, ein solch gefährliches Wesen in unserer Enklave zu beherbergen. Tot wäre mir dieses Biest sehr viel lieber", sagte einer der Magier.

„Es ist ihr Fehler, Varus, dass der Drache überhaupt lebend hierher gelangt ist. Er war in ihrem Flugzeug, für dessen Sicherheit Sie verantwortlich waren."

„Hm", erwiderte der MSA-Polizist. „Ich wusste zu dem Zeitpunkt ja nicht, dass das Biest an Bord war."

„Ich habe schon verstanden, dass Sie den Drachen in ihre Dienste stellen wollen", sagte nun der größte der anwesenden Magier. „Aber ein Drache ist ein wildes Tier, das sich von niemandem zähmen lässt. Oder sehe ich das falsch?"

„Da haben Sie vollkommen recht, Professor Pegasus", erwiderte von Galgenberg gönnerhaft. „Das gilt allerdings nur für Drachen, die über ihre eigene Drachenseele verfügen." Der Magier machte eine kurze Pause und lächelte dann herablassend. „Galawan dem Dritten gelang es als erstem Elfenkönig in Altdrachenstein, Drachen zu zähmen. Er entfernte ihre Seele und ersetzte sie dann durch die Seele eines anderen Wesens. Ich werde die Seele einer Teufelsnatter nehmen. Etwas anderes kommt nicht infrage."

Von Galgenberg holte eine kleine Schachtel aus seiner Jacke und öffnete sie. Ein kleines, durchscheinendes Wesen, das einer Schlange ähnelte, kroch heraus und begann bedrohlich zu zischen: „Seele aussaugen!" Der Magier öffnete daraufhin eine andere Schachtel, nahm einen schwarz schimmernden Brocken heraus und warf ihn dem sphärischen Wesen zu, das blitzschnell danach schnappte. Der schwarze Brocken verschwand in einem rot leuchtenden Schlund.

„Verschwinde", befahl von Galgenberg. Die Teufelnatter duckte sich in die Schachtel und der Deckel klappte wieder zu.

„Das Biest habe ich dressiert. Es hört auf mich", erklärte von Galgenberg grinsend. „Mit äußerster Vorliebe frisst es die Seelen anderer Geschöpfe. Je wilder die Seelen, desto größer wird sein Appetit. Und Drachenseelen sind seine Lieblingsspeise."

„Ich verstehe trotzdem nicht, wie dieser Drache uns nützlich sein sollte", fragte ein weiterer Magier.

„Das kann ich Dir erklären, Dezimus. Die Teufelsnatter schlüpft in den Kopf unseres Drachen, reißt ihm die Seele heraus und frisst sie auf. Danach übernimmt sie die Kontrolle über seinen Körper und sein Denken – oder sollte ich besser sagen: Ich kontrolliere dann den Drachen!"

„Genial", rief Lemort euphorisch. „Also, worauf warten wir noch?"

Von Galgenberg nickte zustimmend und erläuterte den Anwesenden seine Vorgehensweise:

„Die Drachenseele gibt ihren Körper niemals freiwillig auf. Nur die Teufelsnatter kann sie aus dem Kopf des Drachen herausholen. Leider weiß sie jedoch nicht, wo sich die Seele des Drachen befindet, nämlich unter der goldenen Schuppe zwischen den beiden Ohren des Drachen."

Hier machte von Galgenberg eine Pause und sah siegesgewiss in die Runde. Auch dieses Mal warteten alle gespannt, selbst Professor Pegasus, auf die Fortsetzung seiner Erklärung.

„Deshalb werde ich diese Schuppe aufschneiden. Erst wenn das geschehen ist und Blut fließt, wird die Natter in den Drachen eindringen, um seine Seele herauszureißen und aufzufressen. Es wird ein harter Kampf werden, aber ich bin mir sicher, dass die Teufelsnatter ihn gewinnen wird. Wir müssen allerdings aufpassen, dass sie im Blutrausch nur die Seele des Drachen frisst und nicht den gesamten Körper gleich mit."

Enttäuschung zeichnete sich auf dem Gesicht von Professor Pegasus ab, der von Galgenberg durchschaute.

„Wozu bemühen Sie mich denn her, wenn die Sache so riskant ist?", schimpfte er.

„Es gibt auch eine Möglichkeit, die Drachenseele friedlich zu töten", erwiderte von Galgenberg, „ohne, dass sie sich wehrt. Das wäre der Fall, wenn der Herr des Drachen, Florian Sickner, die Schuppe selber aufschneiden würde."

Doch Professor Pegasus war noch nicht überzeugt.

„Woher wollen Sie wissen, dass die Drachenseele sich friedlich gegenüber dem Boten des Lichts verhalten wird? Es gibt nichts Wilderes als einen Drachen und die Drachenseele ist die Triebkraft eines solchen Wesens. Ich halte das alles für eine verantwortungslose Spekulation", entgegnete er.

Von Galgenberg sah seinen Widersacher voller Verachtung an, doch er sagte lächelnd:

„Ich habe in der Dokumentenbibliothek der Magierschule in Altdrachenstein ein Schriftstück über die Entstehung des Paktes der drei Arten gefunden: Nachdem Galawan der Fünfte von Altdrachenstein alle Drachen gefangen hatte, drohte er damit, sie ohne Ausnahme zu töten, falls sie sich ihm nicht unterwarfen. Der Rat der Drachen kam seiner Forderung nach, aber er stellte eine Bedingung: Es sollte eine Schutzenklave geschaffen werden, falls es in der Zukunft zu einem Konflikt zwischen den Arten kam. Eine Enklave, die durch einen Boten des Lichts geschaffen werden sollte. Dazu sollte es eine Geburt von einem Drachen und einem Magier oder Elfen geben, deren Seelen aneinander gebunden sein sollten.

Die Seelen dieses Paares sollten in gegenseitiger Achtung und Toleranz leben. Wechselseitig sollten sie den anderen mit ihrem Leben verteidigen. Dafür wollte der Drache im Falle des drohenden Todes den letzten Wunsch des Magiers oder Elfen erfüllen! Galawan akzeptierte, was für uns heute ein Glück ist. Denn das bedeutet: Wenn Florian fordert, diese Schuppe seines Drachen aufzuschneiden, wird jener den Tod seiner Seele akzeptieren. Ich werde dafür sorgen, dass Florian erst nach dem Tod seines Drachen verstehen wird, was er getan hat. Sein schlechtes Gewissen wird ihn letztlich vernichten. Dann habe ich ihn aber bereits völlig in meiner Hand und es wird genug Zeit bleiben, um alle Geheimnisse der Elfen und Drachen in dieser Enklave zu lüften."

Nun huschte auch ein Lächeln über das Gesicht von Professor Pegasus. Doch er schwieg.

Niemand bemerkte, dass ein kleiner Vogel, der einer Schwalbe ähnelte, über ihnen in der Luft seine Kreise zog, so als ob er einen Ausweg aus dem goldenen Netz suchte. Erst als sich die Magier zerstreuten, flog er ans Ende der Schlucht, wohin sich die vier Jugendlichen vor Kurzem verirrt und der Kampf begonnen hatte. Er suchte instinktiv das Portal, das ihn aus dieser Höhle führen würde.

13
Nanea

Es war schon spät am Abend, als Nanea mit ihrer Mutter in einem der Fischerboote saß. Sie hielt eine Angel ins Wasser und ließ ihren Blick weg von der Schnur und dem Blinker über den See zum Sumpf hinüber gleiten. In der Ferne ragten vereinzelt Bäume aus dem Wasser. Die Sterne leuchteten herab und Glühwürmchen wogten in Schwärmen durch das Schilf am Ufer.

Einige abgebrochene Äste trieben um eine kleine Insel, die jetzt vor ihnen auftauchte. Sie ächzten leise in den sanften Wellen des Sees. Frösche quakten in der Nähe, doch sonst herrschte Ruhe. Und ab und zu fast Stille, wäre da nicht das ununterbrochene Summen der Mückenschwärme gewesen.

„Wir haben schon drei Fische, Mama", sagte das Mädchen schließlich und deutete auf den Eimer neben sich. „Lassen wir es gut sein. Zwei geben wir Matthäus. Er wird uns einen Laib Brot dafür geben und ein Stückchen Butter." Sie seufzte.

„Ist gut, mein Kind", sagte ihre Mutter. Sie trug wie ihre Tochter ein graues abgetragenes Kleid, doch der Ring um den Hals, den sie noch vor einem Tag getragen hatte, war verschwunden.

„Wie lange werden wir wohl noch in dieser ewigen Ungewissheit leben, Mutter? Nie wissen wir, ob wir am nächsten Tag etwas zu essen haben. Nie wissen wir, ob die Portalmaurer nicht wieder einmal unser

Haus geplündert haben, weil von Galgenberg und Lemort die Elfen endlich los sein wollen."

„Jammere nicht so viel, Nanea!", mahnte Kassandra. „Wenn von Galgenberg den Schatz der Elfen gefunden hat, dann wird es erst richtig schlimm für uns. Bis jetzt schützt uns Pegasus vor dem Schlimmsten. Pegasus sagt, es gibt zwei Wege zum Schatz: einen friedlichen und einen voller Gewalt, den er ablehnt. Noch hat von Galgenberg ihn nicht auf seine Seite gezogen, aber wenn ihm das gelingen sollte, dann Gnade uns Gott."

„Ich verstehe nicht, warum du Pegasus immer noch in Schutz nimmst!"

„Weil es niemanden sonst gibt, der uns geholfen hat, Nanea. Ich weiß, jetzt gibt es Florian und Utalon. Aber was ist, wenn sie scheitern? Wenn sie den Schatz nicht finden? Oder ihn an von Galgenberg verlieren?"

In ihrer Wut hätte Nanea sie fast gefragt, warum es dann so lange gedauert hatte, bis sie sich endlich den demütigenden Ring abnehmen konnte. Zwei Dinge waren geschehen, die diesen Akt des Protestes erst ermöglicht hatten, überlegte sie. Eine kleine Silberwaldlibelle, Tochter der Königin Libellia, war am Tag nach dem Überfall in ihre kleine Hütte gekommen, hatte sich dort auf Naneas Hand gesetzt und war erstarrt. Ein eindeutiges Zeichen! Jetzt wussten sie, dass der Schatz der Elfen bereit war, entdeckt zu werden. Der zweite Grund war der brutale Überfall der Magier vom Portalmaurerorden auf die Fischersiedlung der Elfen selbst gewesen. Ihre Mutter hatte wissen wollen, warum Professor Pegasus sie und ihre Leute nicht mehr beschützte. Deshalb war sie zu ihm gegangen. Sie hatte ihm gedroht, dass sie nicht mehr als Seherin dienen wolle, falls sich ein solcher Überfall wiederholen würde. Außerdem hatte sie die Dinge zurückgefordert, die die Magier aus ihrem Haus gestohlen hatten. Es war nur eine kleine Forderung, doch sie würde bald wissen, ob Professor Pegasus nachgab. Der hatte lediglich eine ausweichende Antwort gegeben. Der Vorfall sei zwar sehr bedauerlich und er würde mit von Galgenberg reden, könne aber nicht versprechen, dass sie die gestohlenen Sachen zurückbekomme. Denn von Galgenbergs Einfluss auf die radikalen Portalmaurer sei schon zu stark geworden.

Da störte ein kleiner Vogel Nanea in ihren Überlegungen. Er flatterte tief über das Boot hinweg. Das Elfenmädchen stieß ihre Mutter aufgeregt an und flüsterte:

„Mama, ich glaube, die Portalschwalbe Navigina, die du Florian gegeben hast, ist zurückgekehrt!"

Erschrocken setzte sich ihre Mutter auf und sah den Vogel ruhelos über dem Boot hin- und herfliegen. Sie fixierte das Tier mit einem Blick, nickte ihm beruhigend zu und murmelte:

„Da hast du recht. Sie ist es."

Dann hielt sie der Schwalbe ihre rechte Hand hin und streckte den Zeigefinger aus. Der Vogel ließ sich darauf nieder, drehte den Kopf hin und her und steckte den Kopf ins Gefieder. Da hielt Kassandra dem Tier die andere Hand hin, in der sich einige geheimnisvolle Bröckchen befanden. Die Schwalbe rührte sich jedoch nicht. Erst als einige Mücken sich darauf stürzten, erwachte das Interesse des Vogels. Eifrig pickte er nach den Insekten und als die Frau die

Hand nach einer Weile wieder schloss, schlug er empört mit den Flügeln.

Naneas Mutter machte die Augen zu und pfiff leise, aber bestimmt. Einen Moment später begann die Schwalbe aufgeregt zu zwitschern. Aufmerksam hörte Kassandra zu.

„Von Galgenberg hat Florian und Utalon gefangen. Sie sind oben in der Holzhüttenschlucht, wo Pegasus mich immer die Seherin spielen lässt."

Sie machte eine Pause und Entsetzten trat in ihr Gesicht, das im matten Mondlicht deutlich zu erkennen war.

„Er will … er will die Seele des Drachen töten und sie durch eine Teufelsnatter ersetzen", stammelte sie entsetzt. „Das ist das Schlimmste, was einem Drachen passieren kann." Ihr liefen Tränen über die Wangen.

„Ist das möglich, Mama?", fragte Nanea ängstlich.

„Ja, das ist möglich, mein Kind. Und nur ein Schurke wie von Galgenberg kann sich so etwas ausdenken. Alle Drachen- oder Elfenschlösser, die der Drache dann findet, wird Florian öffnen müssen. Und alle Schätze und alles Wissen, das sich hinter diesen Toren befindet, wird sich von Galgenberg aneignen."

Ihre Mutter schüttelte angewidert den Kopf und blickte ihre Tochter an.

„Wenn das geschieht, dann sind wir auf ewig versklavt, Nanea. Wir müssen versuchen, das zu verhindern. In die Holzhüttenschlucht zu gelangen, ist nicht schwer. Aber wie können wir Florian und Utalon finden und befreien?"

~~~

Das erste, was Florian hörte, war das Rauschen des Wasserfalls. Der Junge versuchte, den Kopf zu bewegen, um herauszufinden, woher dieses Geräusch kam. Doch der Schmerz im Nacken verhinderte, dass er die Drehung vollenden konnte. Dann bemerkte er, dass auch seine linke Schulter schmerzte. Mühsam öffnete er seine Augen und nahm nur den matten Schimmer des Wassers wahr. Die Dunkelheit, die ihn umgab, war einfach grenzenlos. Er war also immer noch in der Schlucht mit der Holzhütte. Dann nahm er erstaunt wahr, dass seine Kleidung trocken war. War er schon so lange hier?, fragte er sich. Nach und nach fielen ihm die Ereignisse wieder ein. Die Magier hatten ihnen eine Falle gestellt und alle – Utalon, Torben, Fanina und er selbst – waren verletzt oder gefangen. Mit Schrecken erinnerte er sich, wie er und sein goldener Drache von Flüchen getroffen worden waren. Wo war Utalon jetzt? Angst durchflutete seine Gedanken. Er versuchte, sich trotz all seiner Schmerzen aufzurichten.

Ein Mann räusperte sich in seiner Nähe und die Helligkeit rund um den Wasserfall nahm langsam zu. Florian erkannte einen Schatten, jemand, der auf einem Stuhl saß und ihn die ganze Zeit beobachtet haben musste.

„Ich freue mich, dass du nicht ernsthaft verletzt bist, Florian", sagte eine ihm bekannte Stimme. „Aber du musst uns schon zugestehen, dass wir Leute, die in unsere geheimen Treffen platzen, nicht mit offenen Armen willkommen heißen. Wir wussten ja nicht, dass es nur Schülerpraktikanten waren."

Von Galgenberg lächelte Florian entschuldigend an. Eine kurze Pause folgte, dann fuhr der ehemalige Lehrer der Schule Altdrachenstein fort:

„Wir waren ziemlich überrascht und empört, dass ihr einen Drachen dabei hattet. Es gibt kein unerwünschteres Wesen in Cerninia. Das weißt du doch!"

Nun war es endlich so hell, dass Florian das Gesicht von Galgenbergs erkennen konnte. Es sah ihn freundlich und entspannt an. Der Junge empfand ein tiefes Unbehagen. Was mochte von Galgenberg vorhaben? Und wie ging es seinem geliebten Drachen?

„Du fragst dich sicherlich, wo dein Drache geblieben ist. Sei unbesorgt! Er ist noch am Leben und bei bester Gesundheit, auch wenn er jetzt nicht mehr ganz Herr seiner eigenen Kräfte ist."

Von Galgenberg schien seine Gedanken gelesen zu haben, doch Florian glaubte ihm kein Wort. Als der Lichtschein in der Höhle weiter zunahm, weil der Wasserfall nun hell leuchtete, konnte er ganz in der Nähe die Umrisse von Utalon erkennen. Sie trug eine Panzermaske um den Kopf, doch ihre Schwanzspitze leuchtete golden. Das Drachenmädchen lebte! Er hätte vor Freude und Erleichterung die ganze Welt umarmen können. Utalon schien seine Gefühle zu spüren, denn sie bewegte ein klein wenig ihren Kopf. Mühsam kroch Florian zu ihr hin und berührte ihren Hals mit der Hand. Dankbar versuchte der Drache, seinen schweren Kopf ein Stückchen vom Boden anzuheben. Ein unverständliches Summen tönte aus dem dicken Panzer. Tränen liefen Florian übers Gesicht.

„Du hast tapfer gekämpft", sagte von Galgenberg anerkennend, „aber ihr hattet keine Chance gegen uns. Leider muss ich dir sagen, dass einige Magier sehr wütend waren und deinen Drachen umbringen wollten. Besonders Lemort war völlig außer sich. Du kennst ihn ja. In solchen Momenten kann er ziemlich rücksichtslos sein. Er hat die anderen Magier aufgehetzt, indem er ihnen erzählt hat, wie viele Schwierigkeiten ihr uns in Altdrachenstein gemacht habt, als wir dort nach der Kristallhöhle gesucht haben. Dass wir fast alle in Gefangenschaft geraten sind und du wärst schuld gewesen. Und du musst zugeben: So ganz Unrecht hat er damit nicht. Ich habe dich aber trotzdem in Schutz genommen."

Von Galgenberg lächelte Florian selbstgefällig an. Dann fuhr er fort:

„Umbringen wollten sie dich und deinen Drachen. Ich habe gesagt, dass du nur für dich und die deinen gekämpft hast, für das, was du für richtig hältst, so wie wir auch. Und gute Leute wie dich könnten wir gut gebrauchen. Du bist ein mutiger Kämpfer und deshalb sollten wir dir noch eine Chance geben. Schließlich haben Lemort und seine Anhänger meinen Vorschlag angenommen. Bei dem gestrigen Kampf sind jedoch einige Magier leider schwer verletzt worden. Ein bösartiger Brandfluch, wie ihn nur Drachen anwenden, hat sie bedauerlicherweise getroffen. Aber es gibt Hoffnung für sie, Florian! Zur Herstellung des Gegenmittels brauchen wir allerdings Drachenblut und zwar von einer bestimmten Stelle, nämlich von der kleinen goldenen Schuppe zwischen den beiden Ohren. Du wirst uns bestimmt helfen, nicht wahr."

Hier machte der Magier erneut eine Pause und sah Florian gewinnend an.

„Also, was meinst du? Du besorgst uns einen Fingerhut von diesem Blut und wir lassen im Gegenzug dafür erst Torben und Fanina frei und wenn das Blut mit dem Gegenmittel unsere Leute geheilt hat, dann auch dich und deinen Drachen."

Florian überlegte. Einen Fingerhut voll Drachenblut würde Utalon bestimmt gerne hergeben für ihrer aller Freiheit. Und den verletzten Magiern zu helfen, war auch etwas Gutes. Dennoch hatte der Junge Zweifel, ob von Galgenberg wirklich sein Wort halten würde. Aber hatte er eine Wahl?

„Ich weiß, du hast Bedenken. Auch Lemort meinte, dass du niemals zu uns Magiern Vertrauen haben würdest. Aber ich mache dir noch einen Vorschlag. Ich gebe dir deinen Zauberstab als Zeichen, dass ich mein Versprechen halten werde."

Gemächlich holte von Galgenberg Florians Zauberstab aus seinem Ärmel und hielt ihn dem Jungen hin.

Langsam stand der Junge auf und ging immer noch misstrauisch auf seinen Widersacher zu. Direkt vor ihm blieb er stehen und griff nach seinem Stab. Ungläubig nahm er ihn von Galgenberg aus der Hand. Dann murmelte er einen Spruch und rotes Licht quoll aus der Spitze des Stabes. Er blickte in das Gesicht des Magiers. Es war unergründlich.

Der holte mit einer zweiten gemächlichen Bewegung ein kleines Messer aus seinem anderen Ärmel. Dann hob er eine kleine Schale auf, die neben ihm auf dem Boden gestanden hatte. Mit einem aufmunternden Lächeln bot er diese Utensilien dem

Jungen an. Florian zögerte, schließlich nahm er sie entgegen.

„Für das Drachenblut zum Heilen der verwundeten Magier."

Florian steckte den Zauberstab in seinen Ärmel und sah von Galgenberg noch einmal in die Augen. Immer noch waren sie unergründlich. Nur für einen kurzen Moment meinte er, Triumph über das Gesicht des Mannes huschen zu sehen. Unsicher drehte sich der Junge um und ging zu Utalon zurück. Er kletterte auf den Rücken des Drachenmädchens und von dort auf den Kopf. Zwischen den Ohren hatte die Panzermaske eine kleine Öffnung. Dann nahm er das Messer in die Hand und setzte es auf die goldene Schuppe zwischen den Ohren.

„Was hast du vor?", summte das Drachenmädchen undeutlich durch die eiserne Maske.

„Ich brauche etwas von deinem Blut. Dann wird von Galgenberg uns freilassen", flüsterte Florian leise.

„Florian, er wird mich töten und Torben und Fanina auch", hauchte Utalon erschöpft.

„Nein, er hat es versprochen und mir sogar meinen Zauberstab zurückgegeben", erwiderte Florian.

„Oh bitte, du darfst ihm nicht glauben", flehte Utalon ihn an.

„Was soll ich denn tun?", fragte Florian verzweifelt.

„Nichts", summte Utalon müde. „Tu einfach nichts!"

„Ich kann nicht", sagte Florian mit Tränen in den Augen. Er drückte das Messer unentschlossen auf die goldene Schuppe. Die Haut gab nach, öffnete sich aber nicht.

„NEIN!", schrie in diesem Moment eine Stimme in seinem Kopf und ein entsetzlicher Schmerz explodierte hinter seiner Stirn. Florian fiel das Messer aus der Hand. Er kippte vom Rücken des Drachenmädchens und blieb bewusstlos auf der Erde liegen.

Ein Dutzend Magier tauchten plötzlich aus der Dunkelheit auf und stürzten zu dem Drachenmädchen und dem bewusstlosen Jungen.

„Rührt ihn nicht an", schrie von Galgenberg. Er bahnte sich mühsam einen Weg durch die Magier, die sich um den Boten des Lichts und seinen goldenen Drachen versammelt hatten. Im Zentrum kniete er nieder und fühlte den Puls des Jungen.

„Er lebt, aber er hat einen Schock. Jemand muss ihn gewarnt haben."

„Vielleicht der Drache?", erwog Lemort.

„Unsinn", unterbrach ihn von Galgenberg scharf, während seine Augen die Dunkelheit durchforschten. „Bringt ihn zu den andern Gefangenen und bewacht ihn gut!"

Wieder durchdrangen seine Augen die Umgebung, wieder ohne Ergebnis. Mit eiskalter Stimme befahl er schließlich:

„Durchsucht die Schlucht! Jeden Zentimeter. Ein anderes Wesen, ein anderes magisches Wesen muss ihn gewarnt haben und ich will wissen wer. Findet es!"

~~~

Fanina schlug die Augenlieder auf. Ein lautes Geräusch klang in ihren Ohren. Sie drehte sich um. Dumpfe Stimmen kamen von einer dunklen Wand ganz in der Nähe. Erst allmählich gewöhnten sich ihre

Augen an die Dunkelheit und sie begann Konturen zu erkennen. Eine Tür war dort, wo die Stimmen hergekommen waren. Sie befand sich in einem kleinen Raum, in dem durch ein kleines vergittertes Fenster etwas Mondlicht fiel. Ihre Hände ertasteten Stroh. Sie lag auf Stroh. Die Magier hatten sie offensichtlich in diesen Raum eingesperrt. Was mochte aus Florian, Utalon und Torben geworden sein?

„Torben?", flüsterte sie. „Kannst du mich hören?"

Ein großer Strohhaufen neben ihr stöhnte. Sie tastete in dem Haufen herum und fand seinen Körper. Noch einmal stöhnte er, als sie seinen Kopf berührte.

„Bist du das, Fanina? Was ist passiert?"

„Die Magier haben uns hier in diesem kleinen Raum eingesperrt. Keine Ahnung, wo wir sind."

Die Elfin kroch langsam zum kleinen Fenster und tastete sich an der Wand hoch. Als sie aufgestanden war und hinausblicken konnte, erkannte sie den Wasserfall.

„Wahrscheinlich sind wir immer noch in dieser kleinen Schlucht mit dem Wasserfall und der Holzhütte. Hoffentlich konnten Florian und Utalon fliehen. Dann haben wir noch eine Chance, befreit zu werden."

In dem Moment bemerkte sie eine kaum wahrnehmbare Bewegung im Stroh neben der Tür. Fanina ging langsam zu der Stelle und untersuchte sie vorsichtig.

„Es ist Florian, aber er ist bewusstlos. Hilf mir, Torben."

Nach einiger Zeit gelang es ihnen, Florian wach zu bekommen. Er brauchte eine Weile, bis er sich aufrappelte und ihnen von den Geschehnissen berichten konnte. So erfuhren sie von Utalons Gefangenschaft und von Galgenbergs Angebot, dass der Junge schließlich angenommen hatte.

„Eine Stimme hat dich also eindringlich gewarnt, als du den Schnitt an der goldenen Schuppe zwischen den Ohren ausführen wolltest. Das war gut, denn dort sitzt die Drachenseele, Florian", sagte Fanina.

„Vielleicht wollte von Galgenberg Utalons Seele töten?", erwog Torben.

„Utalon hätte sich bestimmt mit aller Macht gewehrt, selbst mit Panzermaske. Nur wenn sie völlig bewusstlos gewesen wäre, hätte sie das mit sich machen lassen. Aber keiner weiß, ob die Seele durch so einen Angriff den Körper nicht wieder aufwecken würde", entgegnete Fanina. „Eine riskante Sache! Jeder, der direkt neben einem Drachen steht, ist dann in absoluter Todesgefahr, denn sie können sich immer noch sehr schnell bewegen und vor allem der Schwanz ist immer noch eine sehr gefährliche Waffe."

Immer noch drangen von draußen aufgeregte Stimmen zu ihnen herein. Fanina kehrte ans Fenster zurück.

„Sie suchen anscheinend etwas oder jemanden. Aber wen?"

Plötzlich zirpte es leise neben ihrem Ohr. Auch die anderen hatten das kleine Geräusch gehört.

„Was war das?", fragte Florian.

In diesem Moment fiel ein Mondstrahl durch das Fenstergitter und die Freunde sahen den winzigen Störenfried. Er saß dicht gedrängt an der Außenmauer im Stroh und war durch den Schatten der eisernen Streben kaum zu erkennen: ein kleiner Vogel, kaum so groß wie eine Nachtigall.

„Eine winzige Schwalbe", stellte Fanina erstaunt fest. „Wie kommt die denn hierher?"

Das kleine Wesen putzte seine Federn und schüttelte sich. Doch dann geschah etwas Merkwürdiges: Nur ein paar Sekunden später begann eine der großen Bodenplatten unter dem Stroh, neben dem die Schwalbe saß, rot zu leuchten. Und kurz darauf war dort, wo die Platte gewesen war, ein dunkles Loch entstanden, aus dem Geräusche von leisen Schritten klangen. Unmittelbar darauf tauchte Naneas Kopf in dem dunklen Loch auf. Sie hielt einen Zauberstab in der rechten Hand, über dessen Spitze eine kleine Kugel schwebte, die ein mattes rotes Licht ausstrahlte.

Nanea erzählte den dreien, dass sie sich sofort nach dem Bericht der Portalschwalbe auf den Weg hierher gemacht hatte. Sie hatte sich in eine Eule verwandelt und war immer hinter der Schwalbe hergeflogen. Navigina war ein magisches Wesen, das ohne Zaubersprüche alle Portale öffnen konnte und man konnte ebenfalls durch die Tore hindurchschlüpfen, wenn man ihr nur dicht genug auf den Fersen blieb. Die Portalschwalbe hatte sie schließlich hierher gebracht.

Dann erklärte das Elfenmädchen ihren Freunden, dass von Galgenberg versucht hatte, Florians Unwissenheit auszunutzen, um Utalons Drachenseele zu töten. Danach hatte sich Navigina aufgeplustert, denn sie konnte auch noch etwas zu dem Bericht beitragen. Demnach hätte eine Teufelsnatter in die Schnittwunde eindringen und von Utalons Drachenkörper Besitz ergreifen sollen. Von Galgenberg wäre sehr mächtig geworden, denn er hätte jedes Drachen- und Elfenschloss öffnen können dank der magischen Fähigkeiten von Utalon und Florian.

„Dann warst du es, der mich gewarnt hat, die goldene Schuppe aufzuschneiden?", fragte Florian das Vögelchen leise. Die kleine Portalschwalbe nickte stolz. „Danke!", sagte der Junge aus tiefstem Herzen.

Da mischte sich Nanea ungeduldig ein:

„Wir müssen fliehen. Sofort! Lange werden die Magier nicht mehr brauchen, um mich hier zu finden. Von Galgenberg wird dann schnell wissen, wer dich gewarnt hat, Florian. Wenn sie in der Schlucht nichts gefunden haben, werden sie noch einmal von vorne anfangen, und dann noch genauer suchen. Von Galgenberg ist gründlich und schreckt auch vor Folterung nicht zurück. Er weiß, dass du gewarnt worden bist und dass ich noch in der Höhle bin. Wir müssen uns also auf einen Kampf bei unserer Flucht einstellen, denn die Portale werden jetzt mit Sicherheit bewacht. Zum Glück war die Holzhüttenschlucht vor 400 Jahren in Elfenhand. Es gibt ein zweites Portal zum Wasserfall, das außer uns Elfen nur noch Professor Pegasus kennt. Ich habe es eben selbst benutzt. Von den Elfen kennen es außer mir nur meine Mutter und die Kamnuaner Elfen. Und den Elfentunnel vom Wasserfallportal zu dieser Hütte kannte nur meine Mutter. Nicht einmal Pegasus! Den sollten wir nehmen. Hier lang, folgt mir durch den alten Elfentunnel!"

Schritte kamen draußen auf die Holzhütte zu.

„Zeit zu gehen", flüsterte Nanea besorgt.

Sie kroch zu der Bodenplatte, durch die sie gekommen war. Dort hob sie den Zeigefinger der linken Hand und gab ein zwitscherndes Geräusch von sich. Die Schwalbe flog auf ihren Finger. Dann richtete sie ihren Zauberstab auf die Wand neben der steinernen Platte. Ein Elfensymbol erschien dort im Schein ihrer roten Leuchtkugel.

„*Usluknan!*", flüsterte sie energisch.

Kleine, uralte Mörtelpartikel lösten sich aus den Ritzen um die Platte und braunes Kraut trat aus den Ritzen. Es wurde grün und bekam leuchtend rote Blüten. Die Platte fing an zu beben, rot zu leuchten und schwenkte nach unten. Darunter erschien eine steile Treppe, deren Stufen silbern leuchteten. Nanea trat auf die erste Stufe und kletterte hinunter, gefolgt von Fanina, Torben und Florian. Ein enger Tunnel führte schräg hinab. Kaum hatte Florian die rote Platte passiert, klappte sie wieder hoch und schloss sich auf magische Weise. Zuletzt schoben sich dicke Felsbrocken davor.

Nach einiger Zeit gelangte Nanea an eine steinerne Wand mit einem geheimnisvollen Symbol. Fanina erkannte sofort das alte Elfenzeichen, das verriet, dass dies ebenfalls ein altes Elfenschloss war. Auch dieses Schloss öffnete Nanea genauso geschickt wie das erste. Vor den Freunden lag ein weiterer enger Tunnel, aus dem das Rauschen eines Wasserfalles zu hören war. Dicht vor ihnen machte der Gang eine Biegung, hinter der sich der Tunnel zu einer großen Höhle öffnete. Mattes Licht drang zu ihnen.

In der großen Höhle angekommen winkte Nanea Fanina noch dichter zu sich und deutete auf zwei Magier, die einen großen, unterirdischen Wasserfall bewachten, der direkt unter dem Wasserfall in der Schlucht liegen musste. Das Rauschen des Wassers verhinderte, dass die Magier die Geräusche hinter sich wahrnahmen. Dafür beobachteten sie den kleinen Zugang zu dieser Höhle neben dem Wasserfall, die im Lichtschein von zwei Fackeln lag, umso genauer.

Nanea zog einen zweiten Zauberstab aus dem Ärmel und gab ihn Fanina.

„Ein Geschenk von meiner Mutter. Sie wird versuchen, die Kamnuaner Elfen zu überreden, uns zu helfen. Die Königin der Silberwaldlibellen, die ihr ja tatsächlich zum Leben erweckt habt, hat uns ebenfalls eine ihrer Töchter schicken. Es ist das Zeichen, dass der Schatz der Elfen bereit ist, entdeckt zu werden!"

Dann deutete Nanea auf die beiden Wächter. Die beiden Elfinnen richteten ihre Zauberstäbe auf die beiden Magier. Dann schossen sie ihre Flüche ab. Die beiden Wächter stürzten zu Boden und rührten sich nicht mehr. Florian nahm den Zauberstab des einen Magiers in seine linke Hand, Torben den Stab des anderen. Dann gingen sie auf den großen Wasserfall zu. Dort kehrte Navigina zu Nanea zurück und landete auf ihrer Schulter.

„Was ist mit Utalon?", schrie Florian gegen das Rauschen an. Er blieb stehen. „Wir können sie nicht hierlassen!"

Nanea schüttelte den Kopf. Da zischte plötzlich ein Fluch dicht an Florians Kopf vorbei. Ein Magier stand auf der anderen Seite des Wasserfalles und zielte erneut auf ihn. Nanea schüttelte die Portalschwalbe ab und griff nach Florians Hand. Sie machte Fanina ein Zeichen mit dem Kopf, ihr zu folgen. Navigina flatterte aufgeregt im Wasserdunst hin und her und ließ sich dann nach unten fallen, wo das Rauschen des Wasserfalls seinen Ursprung nahm. Nanea sprang hinter ihr her und riss Florian ebenfalls in den

Abgrund. Fanina hatte inzwischen Torbens Hand gepackt und stürzte sich nun auch hinunter. Gerade noch rechtzeitig, denn ein Lichtstrahl hatte Torben nur haarscharf verfehlte. Florian fühlte, wie seine Finger sich immer stärker um Naneas Hand schlangen. Dann sah er rotes Licht vor sich aufblitzen, das noch heller wurde, als Naneas Zauberstab in das Licht eindrang.

14
Entkommen!

Die Freunde waren in schneller Reihenfolge in Sattergons Höhle eingetroffen. Erst die Portalschwalbe, dann Nanea mit Florian und am Schluss Fanina und Torben. Irgendwie hatte Navigina trotz der Dunkelheit und etlichen Hindernissen den Weg zu Sattergons Höhle gefunden. Doch es gab noch eine zweite Überraschung. In der Höhle befand sich außer Sattergon auch Sülaton, Utalons alte Drachengroßmutter. Die Jugendlichen, besonders Florian, rissen überrascht die Augen auf. Trotzdem herrschte ein bedrohliches Schweigen, das Sattergon als Erster brach:

„Warum bist du hierher gekommen?", fauchte er Nanea an.

Dann blickte er genauso abweisend zu Fanina. Florian wollte schon etwas zu Naneas Verteidigung sagen, doch das Mädchen machte furchtlos einen Schritt auf den riesigen Drachen zu und erklärte:

„Meine Mutter und ich haben nur versucht, Florian und Utalon zu retten", sagte Nanea. „Von Galgenberg und seine Portalmagier wollten ihre Drachenseele töten und sie durch eine Teufelsnatter ersetzen. Florian und Utalon sollten ihre Sklaven werden, um alle Elfen- und Drachenschlösser zu öffnen und das verborgene Wissen zu stehlen. Leider halten sie das Drachenmädchen immer noch gefangen."

„Ist das alles?", fragte der alte Drache ungerührt.

„Nein, sagte das Mädchen mutig. „Wir fordern den Schatz der Elfen zurück! Er wurde vor langer Zeit von einem Drachen aus dem Tal der Kamnuaner Elfen gestohlen."

Sie schwieg einen Moment, dann fuhr sie fort:

„Und dieser Drache warst du!" Sie zeigte mit ihrem Finger auf Sattergon.

Der alte Drache schwieg, legte dann jedoch seinen großen Kopf auf den Boden und betrachtete das furchtlose Mädchen eine Weile. Er war wütend, denn Rauch strömte aus seinen beiden großen Nasenlöchern, doch er beherrschte sich. Irgendwann hob er wieder seinen Kopf und sagte:

„Das ist nicht ganz richtig, höre die Wahrheit: Eines Tages bemerkte ich, dass sich einige bewaffnete Söldner, raubgierige Exemplare noch dazu, in das Gletscherhöhlensystem verirrt hatten. Zuerst hielt ich sie alle für gewöhnliche Menschen, doch einer von ihnen war offenbar ein Magier. Sie plünderten die Kamnuaner Elfen ungestraft aus. Da in der Enklave gerade eine Epidemie gewütet hatte, waren diese nämlich zu geschwächt, um sich angemessen zu wehren. Die Söldner nahmen sich alles, was sie wollten. Auch den Schatz schafften sie fort. Ich wollte diese elenden Menschen nicht einfach so davonkommen lassen, denn ich wusste um die Bedeutung dieses Schatzes für das Gleichgewicht in der gesamten Enklave. Also nahm ich ihn den Söldnern wieder ab und brachte ihn in meine Höhle."

„Aber jetzt sollte der Schatz wieder uns gehören!", entgegnete Nanea aufgebracht. „Wir brauchen ihn dringend zur Rettung der Elfen in dieser Enklave. Florian hat eine neue Silberwaldlibellenkönigin zum

Leben erweckt. Er kann jetzt mit einer ihrer Töchter das Elfenschloss der Truhe öffnen!"

„Was ist der Schatz der Elfen?", mischte sich nun Sülaton ein. „Ich habe das Recht, das zu erfahren. Es geht um das Leben von Utalon, meiner Enkelin!"

„Der Schatz der Elfen wird, sobald er geöffnet ist, die Elfen und auch die Drachen vor der Übermacht der Magier schützen. Aber nur Florian kann ihn finden und öffnen. Das Licht der Silberwaldlibellen, das in der Schatztruhe verborgen ist, wird sich ausbreiten und uns alle vor den Eindringlingen schützen", antwortete Nanea. „Also Sattergon, wo ist die Schatztruhe?"

„Die Truhe steht dort drüben", sagte Sattergon und deutete auf einen merkwürdigen Fels, der aussah wie eine steinerne Kiste. „Die Truhe ist, nachdem ich sie hergebracht hatte, mit der Zeit immer mehr mit dem Stein der Höhle verwachsen."

Neugierig ging Florian nun darauf zu. Er tastete mit seinem Zauberstab die versteinerte Truhe ab. Als er schließlich das runde goldene Schlüsselloch berührte, öffnete sich ein schmaler Spalt. Dann wurde ihm schwindlig. Der Fels verschwamm vor seinen Augen und ein riesiger Libellenkopf erschien. Die Augen des Insekts funkelten Florian an und seine Flügel warfen ein grelles Licht auf ihn, das er nur schwer ertragen konnte. Dann erkannte der Junge, dass das grelle Licht in Wirklichkeit ein Gitternetz aus feinen goldenen Fäden war.

„Öffne mir den Weg zu meinen Völkern", summte das Wesen in seiner Vision. Florian nahm wie selbstverständlich den kleinen silbernen Schlüssel, der in dem goldenen Gitternetz hing, und führte ihn, ohne zu wissen warum, an eine Stelle in dem eigenartigen Gebilde, das die Form eines Türschlosses hatte. Kaum hatte er sie berührt, veränderte sich das Netz erneut. Das grelle Leuchten erlosch und zum ersten Mal konnte der Junge das Gesicht der Libellenkönigin deutlich erkennen.

„Du bringst mir meine Tochter zurück. Hab Dank dafür! Ich würde Dir gerne einen Wunsch erfüllen. Bitte sage mir, was du ersehnst?"

Bilder tauchten in Florians Kopf auf. Eines zeigte von Galgenberg und Lemort, in einem Hagel von Flüchen, die Elfen auf sie abgaben; ein anderes einen Haufen Zauberstab schwingender Magier, die mit Elfen rangen; und ein drittes einen einsamen Drachen. Florian drehte den Schlüssel weiter, bis nur noch der Drache übrigblieb.

Die Libelle lächelte zum ersten Mal. Dann wurde ihr Gesicht wieder hart.

„Das Leben deines Drachen ist in höchster Gefahr. Ich weiß nicht, ob ich ihn retten kann, denn ich werde nicht kämpfen. Dazu bin ich nicht erschaffen. Du und deine Freunde, ihr müsst kämpfen. Was also wird geschehen?"

Erneut tauchten Bilder vor Florians innerem Auge auf. Ein Bild zeigte einen Kampf zwischen Drachen, Elfen und Magiern. Auf einem anderem flohen Elfen und Drachen vor den Magiern. Dann schob sich wieder ein neues in sein Bewusstsein, diesmal töteten Drachen Magier. Auf dem nächsten Bild versteckten sich Drachen und Elfen in einer Höhle vor den Magiern. Florian drehte erneut den Schlüssel und die Bilder strebten auseinander und verschwanden. Am Ende blieb nur eines übrig: das Kampfgetümmel.

Wieder lächelte die Libelle. „So soll es denn geschehen. Ich werde dir bei deinem Kampf helfen. Und wenn du gewinnst, so soll das Land der Zuflucht dich und deine Getreuen schützen! Du wirst den Schatz der Elfen für dein Vorhaben brauchen. Er befindet sich bei den zwölf Monolithen in meinem Land."

Bevor Florian noch nach dem Schatz der Elfen fragen konnte, verschwand die Libelle und die Vision erlosch.

~~~

Als Utalon erwachte, spürte sie sofort den heißen Atem in ihrem Gesicht. Er erinnerte sie daran, dass die Magier ihr eine Panzermaske angelegt hatten. Sülaton hatte ihr davon erzählt und gesagt, wie sie sich in einem solchen Fall verhalten sollte. Trotzdem war sie immer noch ungeheuer wütend. Im ersten Moment der Entdeckung hatte sie sogar einen Feuerstrahl auf ihre Bewacher abfeuern wollen. Doch dadurch hätte sie sich nur selbst schwer verletzt, denn der Strahl wäre von dem Stahl der Maske abgeprallt und auf sie zurückgefallen. Langsam gelang es ihr, sich zu beruhigen. Sie legte ihren Kopf mit der Maske auf den Boden. „Du musst deine Kräfte sparen", hatte Sülaton gesagt. Die Maske war schwer und mit Ketten an einem schmiedeeisernen Ring befestigt, den sie ihr um den Hals gelegt hatten. Sie spürte, dass ihre Magie gelähmt war. Es fehlten ihr die nur für Drachen sichtbaren Wärmestrahlen im Lichtspektrum, die sie brauchte, um das Summen in ihrem Kopf und ihrer Stimme zu wecken. Ohne Licht war ihre Magie tot. Stück für Stück tastete sie mit ihren Pranken das

Halsband ab. Die Maske mit den Ketten bewegte sich kein Stück. Wütend peitschte sie das Schwanzende auf den Boden, mehrmals. Als bald darauf Rauch aus ihrer Nase quoll und ihr in die Augen trat, hörte sie auf und legte den Kopf wieder auf den Boden. Da hörte sie, wie ein Kettenglied an ihrem Hals klirrte. Erstaunt ließ das Drachenmädchen ihr Schwanzende aufleuchten und führte es dann zur Maske. Sie sah, dass die zwei Stahlplatten an einer Stelle die Kette nur noch lose zusammenhielten. Ein wenig von dem magischen Licht ihrer Schwanzspitze schimmerte durch die kleine Ritze. Sie drückte die Spitze kräftig dazwischen und das Licht begann intensiver zu strahlen.

Ein Glücksgefühl durchströmte Utalon, als es ihr gelang, die beiden Kettenglieder auseinanderzuschieben. Nun konnte sie auch wieder das magische Licht sehen. Leise fing sie an zu summen. Kraft durchströmte von dem Licht in ihren Körper zurück und wenig später war die erste Kette geschmolzen. Bald darauf hatte sie sich von der Panzermaske befreit und blickte sich in ihrem Verlies um. Noch immer trug sie das schwere stählerne Halsband, doch davon konnte sie sich auch später befreien. Sie begann geräuschlos, das Gitter von ihrem Verlies zu öffnen. Als sie zum Fenster schlich und nach draußen sah, wusste sie wo sie war: In der Burg der Magier. Schnell zerschmolz sie die Eisengitter des Fensters. Nun lag die Freiheit offen vor ihr. Sie verwandelte sich in die Eule, schlüpfte durch die Öffnung und breitete ihre Flügel aus. Dann flog davon. Doch sie schien nicht zu bemerken, dass der Ring immer noch um ihren Hals hing und sehr viel kleiner und leichter geworden war.

Utalons Flucht war nicht unbemerkt geblieben. Ein junger Magier hatte eine Eule aus dem Verlies wegfliegen sehen. Das war ihm verdächtig vorgekommen. Nun stürzte er in den Essenssaal der Burg.

„Der Drache ist aus dem Verlies geflohen", schrie er aufgeregt. Der Raum war voller Magier, die gespannt zu ihrem Anführer von Galgenberg sahen. Der nippte genüsslich an seinem Getränk. Er verzog keine Miene, während er Lemort auf die Schulter klopfte. Dann sagte er gelassen:

„Es geht los. Endlich! Ich dachte schon, dass dieses Vieh niemals abhauen würde. Wir folgen ihr mithilfe des Rings, den sie immer noch um den Hals trägt. Sie wird uns zur Höhle des letzten Drachen von Cerninia führen. Er wird erbittert kämpfen, aber wir werden ihn töten. Nur den Jungen und seinen Drachen will ich lebend haben. Folgt mir!"

Ein kaltes blaues Licht hüllte von Galgenberg ein. Als es sich aufgelöst hatte, flog ein riesiger Adler zum Fenster. Draußen stürzte er sich in die Tiefe und folgte der Eule, die langsam zum Bergkamm hinaufkreiste. Gut fünfzig Falken flogen mit kräftigen Flügelschlägen ihrem Anführer hinterher.

Utalon hatte inzwischen den alten Drachenhorst hoch über der Bergstation der Dampfseilbahn erreicht, von wo sie mit Florian und Sattergon am Abend jener ersten Begegnung zurück zur Stadt Cerninia geflogen war. Der Ring um ihren Hals behinderte sie beim Fliegen. Ihr Gleichgewichtssinn war gestört, denn ihr war schwindelig. Aber Sattergon war in der Nähe, sie spürte es. Er würde wissen, wie sie den Ring wieder loswurde. Utalon verwandelte sich zurück in einen

Drachen und kroch zum Portal. Sie summte den Portalzauber, der sie zu Sattergons Höhle brachte.

Als sie Florian sah, torkelte sie auf ihn zu und stürzte hinter ihm auf den Boden. Dieser hatte gerade in den aufgebrochenen Tunnel hineingehen wollen, als er einen dumpfen Aufprall in seinem Rücken hörte. Er wandte sich um, sah Utalon und rannte auf sie zu. Mit Tränen in den Augen fiel er ihr um den Hals. Nur Sattergon und Sülaton bemerkten, dass mit dem Drachenmädchen etwas nicht in Ordnung war.

„Der Ring um den Hals lähmt sie", sagte Sülaton besorgt.

„Nicht nur das", summte Sattergon und blies gegen das stählerne Gebilde. „Es ist ein ‚flüsternder Dieb'. Er verrät dem Verfolger, wo sie ist, und stiehlt die Zaubersprüche, mit denen das Opfer versucht, den Verfolgern zu entkommen."

Sattergon blies mit einem langen Summton gegen den Ring um Utalons Hals und er zerfiel in drei Teile. Sie leuchteten am Boden dunkelrot auf, bevor sie zu einer unförmigen grauen Masse verschmolzen.

„Wie bist du entkommen?", fragte Fanina.

„Nein", sagte Sattergon. „Erst müssen wir feststellen, wie gefährlich Utalons Verfolger sind."

Da ergriff Nanea energisch das Wort: „Sie war mit Sicherheit bei von Galgenberg. Also schweben wir alle in tödlicher Gefahr und müssen uns sofort in Sicherheit bringen. Es ist am besten, wenn wir versuchen, zum Schatz der Elfen zu gelangen."

Plötzlich war ein Grollen vom Portal her zu hören. Der Boden fing immer stärker an zu vibrieren. Ein Erdbeben schien die Höhle zerreißen zu wollen.

Sattergon wandte sich zu Florian und summte:

„Sie kommen. Ich versuche, sie aufzuhalten."

Während die vier Jugendlichen nun ohne weitere Umstände in den Tunnel flohen, drängten die beiden alten Drachen Utalon dazu, den Freunden zu folgen. Dann wandten sie sich ein letztes Mal um.

Mehrere Blitze schlugen neben dem Adler im Boden ein und ein Magier nach dem anderen tauchte wie aus dem Nichts auf. Zuletzt verwandelte sich von Galgenberg zurück. Sülaton gab einen mächtigen Fluch auf ihn ab, dem er blitzschnell auswich und dann einen genauso mächtigen Fluch auf sie feuerte. Sattergon konnte ihn im letzten Moment mit einem Felsen abwehren, den er blitzschnell vor ihr aus dem Boden wachsen ließ. Keine Sekunde später war die alte Drachendame verschwunden und auch Sattergon hatte sich in einer Rauchwolke aufgelöst. Sie folgten den anderen durch den neuen Tunnel, den Florian geöffnet hatte. Als sich der Rauch verzogen hatte, erblickten die Magier statt des Tunneleingangs nur einen großen Geröllhaufen.

15
Das Geheimnis der Silberwaldlibellen

Ein Pfad führte durch den Wald an einem Bach und einer blühenden Sommerwiese entlang und dann einen Hügel hinauf. Vor einem weiten felsigen Talkessel, der von elf riesigen Monolithen umstellt war, endete er. In der Mitte lag ein zwölfter Monolith, der größte von allen. Florian dachte, er sei in Altdrachenstein, so ähnlich war diese Landschaft dem dortigen Elfental.

„Aber das sieht ja genauso aus wie im Tal der Elfen in Altdrachenstein", stammelte Torben überrascht und schaute sich genauer um. Fanina schüttelte ebenfalls ungläubig ihren Kopf.

Florian ging hinunter ins Tal auf den großen Monolithen zu, der hoch in den mit Dunst verhangenen Himmel ragte. Er blieb vor ihm stehen und sah, dass selbst die Bodensenken dem dortigen Altdrachensteiner Elfental ähnelten, nur die Vegetation war anders. Instinktiv suchte er die Stelle, an der er in Altdrachenstein während der Schlacht zwischen den Elfen und von Galgenbergs Magiern den magischen Eichenstock gepflanzt hatte. Er fand sie ganz in der Nähe des zentralen Monolithen. Auch hier war der Fels aufgebrochen und Erde herausgequollen. Aus einem Riss im Stein löste sich ein Tropfen und lief nach unten. Am Boden befand sich ein kleiner verkümmerter Baumspross.

Fanina, Nanea, Torben und Utalon waren Florian gefolgt. Sie standen nun alle am Fuß des großen Monolithen und schauten auf den langen Riss im Gestein.

„Hier, an der Stelle hatten wir Elfen in Altdrachenstein in dem Monolithen einen magischen Zugang zu einer unterirdischen Höhle geschaffen", sagte Fanina und deutete auf den Bruch im Felsen, aus dem das Wasser nach unten lief. Dann sprach sie einen Zauber: *„Raunor uppenbran!"* (Stein öffne dich!)

Weitere Tropfen perlten an der Wand herunter, doch sie verdunsteten sogleich wieder.

Florian wusste nicht warum, doch er fing etwas Wasser mit dem Finger auf und benetzte damit den verkümmerten Baumspross. Dieser begann sich zu regen, nur ganz leicht. Weiteres Wasser quoll jetzt aus der Erde.

Dann wuchs in raschem Tempo ein Stamm empor. Äste schossen daraus hervor und Blätter wuchsen in atemberaubendem Tempo – eine Linde war entstanden. Vögel und Insekten kamen herbei und die Erde rund um den Baum verwandelte sich in ein riesiges Blumenfeld.

Plötzlich tauchten Sülaton und Sattergon wie aus dem Nichts neben dem Monolithen auf. In der Ferne war das Getöse näher kommender Söldner zu hören.

„Was sollen wir tun?", fragte Utalon Sülaton, die jedoch schwieg.

„Wir bleiben", entgegnete nun Florian. „Wenn es sein muss, dann kämpfen wir lieber hier als irgendwo sonst."

„Wir haben keine Chance gegen von Galgenberg", warnte Torben und Fanina nickte.

Doch Florian hörte gar nicht mehr zu, sondern betrachtete fasziniert einen Lichtschein in der Nähe der Linde. Irgendetwas schimmerte dort. Er fühlte, dass dort etwas Wichtiges war.

„Dort ist ein Fels, der merkwürdig leuchtet", sagte er.

Die anderen folgten seinem Blick und betrachteten den Fels ebenfalls. Er reichte Florian bis zur Hüfte und war nur halb so breit wie der Stamm der Linde. Doch niemand von ihnen sah, wie der Fels an einer Ecke schimmerte.

„Ich sehe nichts Besonderes", sagte Nanea.

Die anderen bestätigten das, doch Florian beharrte auf der Besonderheit dieses Steins.

„Seht ihr denn nicht seinen tollen Schimmer? Genau hier!", beharrte er und berührte die Stelle auf dem Fels. Im gleichen Moment bröckelte Gestein aus dem Felsen und ein Schriftzug wurde für alle sichtbar.

„Löse den Staub der Finsternis in diesem Monolithen", las Nanea und deutete auf den riesigen Felsen neben dem Lindenbaum. „‚Staub der Finsternis' bedeutet Felsen in der Sprache der Elfen."

„Manchmal bedeutet es auch Felsentor", ergänzte Fanina nachdenklich.

„Du musst hinauf auf den großen Monolithen", sagte Nanea und sah Florian flehend an.

Da tauchten dunkle Gestalten in der Ferne auf. Von Galgenberg und seine Söldner.

„Wir fordern die Herausgabe von Florian und seinem Drachen und wir wollen die Truhe, den Schatz der Elfen. Dann lassen wir die anderen frei abziehen und niemandem wird etwas geschehen", verlangte von Galgenberg mit lauter drohender Stimme.

Nanea sah Florian erneut flehend an und sagte beschwörend:

„Du bist jetzt der Hüter des Schatzes der Elfen. Die Truhe kann er nicht bekommen, weil wir längst in ihr drin sind. Dieser Ort hier ist nämlich die Truhe selbst und seine Magie wird uns schützen. Florian, klettere auf diesen Monolithen hinauf und öffne seine Spitze, damit die Silberwaldlibellen frei sind und herausströmen können. Nur du kannst das tun. Die Libellen werden das Licht der Zuflucht zum Leuchten bringen. Dieses Licht wird uns schützen! Ich bin zwar auch eine Botin des Lichts, wie du, doch ist meine Drachenmagie nie zum echten Leben erwacht."

Alle starrten Florian eindringlich an. Die Angst fiel von ihm ab und Wut flutete durch seine Gedanken. Utalon trat an seine Seite. Florian sah nun überdeutlich die Kampflinie, die von Galgenberg mit seinen Magiern gebildet hatte. Er überlegte sich einen Fluch, mit dem er die Männer treffen wollte.

„Nicht", warnte ihn Nanea. „Wir müssen erst auf den Monolithen hinauf und ihn öffnen."

Nun endlich schwangen sich Florian und Nanea auf Utalons Rücken und gemeinsam umkreisten sie den zentralen, riesigen Felsen. Er sah noch, wie Fanina unten den Riss im großen Monolithen öffnete und mit Torben, Sülaton und Sattergon in der Öffnung verschwand. Sie machten sich auf den Weg zur unterirdischen Höhle. In diesem Moment landete Utalon auf der Kuppe des riesigen Steins. Wo sollte Florian nun den Stein öffnen? Es schien keinen Hinweis auf irgendetwas zu geben. Doch dann sah Florian wieder das seltsame Licht an einer Stelle des Steins aufleuchten und als er diesen magischen Ort auf dem Felsen berührte, bildete sich eine kleine Öffnung.

„Das muss sie sein, die Öffnung", summte Utalon Florian zu. Der Junge versuchte, das Loch zu vergrößern, doch kein Zauberspruch hat die erhoffte Wirkung.

„*Raunor uppenbran!*" summte Utalon. Ein feiner goldener Strahl aus ihrem Rachen traf das Gestein, der Fels begann zu schmelzen und zu brodeln. Graurote Tropfen lösten sich und liefen immer schneller nach unten. Nach und nach entstand eine riesige Öffnung, aus der immer mehr Libellen herausströmten. Zunächst kleine, dann größere und zum Schluss tauchte der Kopf der Königin in der Öffnung auf. In diesem Moment begann der Fels rund um die Öffnung tiefgrün zu leuchten. Florian fühlte, wie Kraft und Wärme in seinen Körper strömten. Das Leuchten breitete sich ganz allmählich immer weiter auf dem Felsen aus, von oben nach unten strahlte ein beruhigendes Grün. Dann ging es auf die anderen Monolithen über. Das ist unser Schutzschild, spürte er.

Doch da warnte Nanea den Jungen: „Wir werden angegriffen."

Florian sah, wie sie sich in den Abgrund stürzte und etwas rief: *„Drakan frisatjan!"* Aus einer Nebelwolke entstand ein dunkelroter Drache. Die Krähe, die auf Florian zugestürzt war, wandte sich nun dem dunkelroten Drachen zu. Sie kam Nanea immer näher, doch mit drei Flügelschlägen beschleunigte sie so sehr, dass sie, kurz bevor die Krähe einen Feuerfluch auf sie abgeben konnte, den leuchtenden Monolithen erreichte und um ihn herumkurvte. Die Krähe schoss ins Leere.

Dann blickte der Junge zum Himmel hinauf und sah eine dreiköpfige Riesenkrähe auf sich zurasen. Auch er stürzte sich vom Felsen, dicht gefolgt von Utalon. *„Drakan frisatjan!"*, schrie er und spürte, wie seine Arme zu Flügeln wurden und sich Schuppen über seine Haut legten. Nach der Verwandlung beschleunigte er sofort seine Geschwindigkeit mit einigen Flügelschlägen und hielt auf den grün leuchtenden Monolithen zu, der eben Nanea beschützt hatte. Doch er hatte Schwierigkeiten, eine enge Kurve zu fliegen, und hinter ihm war Utalon verschwunden. Gleichzeitig kam die Riesenkrähe immer näher. Erschrocken änderte Florian seine Flugrichtung, als er ein ungewöhnliches Geräusch hinter sich hörte.

Unmittelbar darauf sah er einen Lichtstrahl an sich vorbeizischen. Ein Brandfluch hatte ihn knapp verfehlt. Wieder änderte er die Richtung und sah den Monstervogel dicht an sich vorbeirauschen, verfolgt von Utalon. Von Nanea war weit und breit nichts zu sehen. War sie vielleicht gelandet? Utalon und Florian kreisten langsam nach oben.

„Es sind noch mehr von denen am Himmel", summte Utalon ihm zu, als sie zum Himmel aufstiegen. Florian blickte hinauf: Drei weitere Riesenkrähen kreisten über ihnen und eine vierte versuchte, sie von unten einzuholen. In diesem Moment stürzten sich zwei der Ungeheuer auf sie. In Sekundenschnelle waren die beiden Biester heran und Utalon musste wieder in das grüne Licht der Monolithen verschwinden, um ihnen zu entkommen. Doch mit der Zeit wurden Florian und das Drachenmädchen von all den schwierigen Flugmanövern müde. Am Boden konnten sie sich jedoch nicht zum Kampf stellen, denn das Moorgeistkraut verlieh den Magiern eine chancenlose Überlegenheit.

Da wechselte das Leuchten der Monolithen in einen angenehmen goldenen Farbton. Die gesamte Spitze des zentralen Monolithen, auf dem sie gelandet waren, erstrahlte schon und das Licht wurde immer intensiver. Nun erst sahen Florian und Utalon erstaunt, dass die Magier verschwunden waren. Ist das das Licht der Zuflucht?, fragte sich der Junge. Ist das unsere Rettung?

Sie landeten und schöpften Atem. Da tauchten von Galgenberg und Lemort auf, die sich hinter einem der äußeren Monolithen versteckt hatten. Ihre verbündeten Magier hatten sie um sich geschart und die vier Riesenkrähen saßen auf einem weiteren Stein in der Nähe. Sie funkelten böse in Florians und Utalons Richtung, bereit, die beiden mit Brandflüchen zu verbrennen, sobald ihr Meister ihnen es befahl.

„Ergebt euch", schrie von Galgenberg, dann wird euch nichts geschehen."

Florian konnte aber gar nicht weiter über diese Forderung nachdenken, denn plötzlich trafen ihn mehrere Flüche und er brach am Kopf blutend zusammen. Utalon stellte sich schützend vor den leblos am Boden liegenden Freund und spie Feuer auf die Magier, die Florian mit ihren Flüchen getroffen hatten. Mühelos wichen diese ihrem Feuer aus und schossen nun ihrerseits Flüche ab, die das Drachenmädchen lähmten. Schließlich brach es bewusstlos neben Florian zusammen.

„Wir haben sie", jubelte Lemort.

„Das Schwierigste kommt erst noch", sagte von Galgenberg grimmig. „Wir müssen die Drachenseele töten und vom Körper trennen."

Er hatte ein kleines goldenes Messer aus seinem Gürtel geholt.

„Wie wollen Sie das machen?", fragte Lemort zweifelnd.

„Hiermit", antwortete von Galgenberg und zog eine kleine Schachtel aus seinem Umhang, die er auf die Erde stellte und sie mit einem Schlenker seines Zauberstabs vergrößerte. Der Deckel öffnete sich und ein durchscheinendes Wesen wurde sichtbar, das wie eine kleine Schlange aussah. „Sie erinnern sich bestimmt an die Teufelsnatter?", sagte er.

„Drachenseele aussaugen", zischte die kleine Bestie, lugte über den Rand der Schachtel und machte Anstalten hinauszuschlängeln. Ein erneuter Schlenker von Galgenbergs und sie rollte sich wieder zusammen. Der Deckel der Schachtel schloss sich über ihr.

Doch etwas behagte von Galgenberg nicht. Er schaute auf Florians Körper, der nicht weit entfernt von Utalon am Boden lag.

„So geht das nicht", schimpfte er. „Die Teufelsnatter versucht womöglich, in Florians Kopf einzudringen, wenn sie sein Blut sieht. Dann wird sie seine Seele verschlingen und wir bekommen keine Informationen über seine Visionen."

Er richtete seinen Zauberstab auf Florians Kopf, kurz darauf schwebte eine Decke über den Körper des Jungen und verhüllte ihn.

„Und was ist mit der Gefahr, dass die Drachenseele erwacht und Sie dann angreift?", wandte Lemort ein.

„Ich muss es eben riskieren. Viel Zeit habe ich nicht, aber es ist nur ein kurzer Schnitt. Es muss eben schnell gehen."

Von Galgenberg kletterte hinter den Kopf des bewusstlosen Drachenmädchens. Er setzte die Spitze des Messers an die goldene Schuppe und schnitt die Haut sauber auf. Ein kleines Rinnsal Blut floss aus der Wunde und strömte über die Schuppe. Dann sprang der Magier so schnell er konnte von dem Drachen herunter und rannte weg.

Utalon erwachte mit einer zuckenden Bewegung, bei der ihr Schwanz einen in der Nähe befindlichen Felsen in tausend Stücke zertrümmerte. Von Galgenberg brachte sich hastig in Sicherheit. Die Teufelsnatter zischte laut und bedrohlich. Einen

Moment später explodierte die Schachtel, in der sie gefangen gehalten worden war. Während Utalons Augenlider flackerten, sie kam erst ganz allmählich zu sich, drehte die Teufelsnatter ihr den Kopf zu. Mit starrem Blick fixierte sie den Drachenkörper. Doch da fiel ein riesiger Schatten auf die Szenerie.

„Was ist das?", schrie von Galgenberg unwirsch und sah in das entsetzte Gesicht seines Mitstreiters. Lemort hatte den Mund geöffnet und sah furchtsam ein Wesen an, das über ihnen schwebte. Eine riesige Libelle bewegte sich nahezu lautlos in der Luft, sie beobachtete das Geschehen mit ihren riesigen Augen.

„Worauf wartet ihr?", schrie von Galgenberg. Das Messer verschwand in seinem Gürtel und der Zauberstab sprang in seine Hand. „Verbrennt das Biest!"

Ein erster mächtiger Feuerfluch traf die Königin der Silberwaldlibellen dicht neben ihren Augen. Dann schlugen die Flüche in schneller Reihenfolge im Körper des Insekts ein. Seine silberne Hülle zischte und qualmte an einigen Stellen, doch flog es pfeilgeschwind in die Höhe. Dann ließ es einen silbernen Tropfen auf eine von Utalons goldenen Rückenschuppen fallen. Die Libellenkönigin setzte sich nun auf die Spitze des zentralen Monolithen und nahm sofort dessen goldenen Farbton an. Dieser wunderbare Glanz begann, alle Anwesenden einzuhüllen.

Nur die Teufelsnatter blieb unberührt von dem Licht. Sie schlängelte sich nun auf dem Felsgrund in Richtung Utalon. Langsam kroch sie an einer ihrer Pranken hinauf. Da begann sich das Drachenmädchen zu regen. Der silberne Tropfen hatte sich auf seinem

Rücken ausgebreitet und schien es zu beleben. Utalon spürte die Schlange sofort, als sie sich über eines ihrer Beine zu ihrem Kopf nach oben wand. Schlagartig war sie hellwach, weil sie wusste, dass sie in Lebensgefahr schwebte. Mit dem Maul konnte sie die Teufelsnatter nicht mehr erreichen, deshalb begann sie, mit ihren Pranken wie wild ihren Hals zu kratzen. Doch die Teufelsnatter krallte sich auf magische Art immer stärker an dem Drachen fest. Gleichzeitig wuchs sie immer schneller, während sie den Krallen Utalons geschickt auswich.

Der silberne Tropfen hatte mittlerweile weite Teile des Drachenkörpers mit einer funkelnden Schicht überzogen. Die Teufelsnatter zischte böse, doch sie wich vor der magischen silbernen Flüssigkeit zurück. Dennoch hatte sich der sphärische Ring des Schlangenkörpers um Utalons Hals gelegt und drohte sie zu ersticken. Als Utalon, am Ende ihrer Kräfte, bereits röchelte, erreichte die Silberschicht ihren Kopf und löste den tödlichen Griff der Natter. Nun waren die beiden magischen Kräfte fast gleich stark und standen sich fauchend gegenüber.

Die Magier waren vor diesem unheimlichen Kampf zurückgewichen. Sie konzentrierten sich stattdessen auf die Vernichtung der Libellenkönigin. Diese wich den Flüchen jedoch mit unglaublicher Schnelligkeit immer wieder aus. Gleichzeitig breitete sich das goldene Licht mehr und mehr aus. Die Magier waren jedoch so mit dem Kampf beschäftigt, dass sie diese Veränderung gar nicht bemerkten. Das Licht des Monolithen hatte mittlerweile fast den ganzen Kampfplatz zwischen Utalon und der Teufelsnatter eingehüllt. Auch seine Intensität nahm jeden Moment zu.

Der Kampf zwischen Utalon und der Teufelsnatter war noch nicht entschieden. Letztere hatte ihr Maul weit geöffnet und schnappte mit einer blitzartigen Bewegung nach dem Kopf des Drachenmädchens. Doch Utalon wich dem Angriff geschickt aus und versuchte nun ihrerseits, in den Hals der Gegnerin zu beißen. Aber auch die Natter verteidigte sich gut, sodass niemand die Oberhand gewann. Allerdings wuchs das magische Schlangenwesen immer weiter und war mittlerweile mehr als doppelt so groß wie der Drache.

Langsam kam Florian zu sich. Völlig benommen kroch er unter der Decke hervor, noch immer tropfte Blut aus der Wunde am Kopf. Irritiert vom fremden Geruch wandte sich die Teufelsnatter dem Jungen zu und ließ von Utalon ab. Die schmalen Augen fixierten den Boten des Lichts und mit geöffnetem Maul schnellte der Kopf der Bestie auf Florian zu. Instinktiv schnellte Utalon blitzschnell zum Hals der Teufelsnatter und verbiss sich in ihrer Kehle. Der Körper der Bestie zuckte und wand sich hin und her, doch Utalon ließ nicht los. Die Magier konnten der Natter auch nicht zu Hilfe zu kommen, denn der lange Schwanz der Riesenschlange peitschte wie wild durch die Luft. Kleine Steine wurden aufgewirbelt und knallten auf die Monolithen. Der Junge suchte verzweifelt Schutz zwischen zwei Felsblöcken. Immer enger presste Utalon ihren Kiefer um die Kehle der Teufelsnatter zusammen. Die Schlange wuchs jetzt nicht mehr, nur ein heller Punkt im Kopf der Bestie pulsierte noch wie der Herzschlag eines Tieres.

Dennoch zischte sie immer noch laut und bedrohlich und schüttelte mit aller Macht ihren Kopf hin und her. Dann – mit einem Mal – quoll zischender Dunst aus der Kehle der Teufelsnatter und mit einem lauten Knall erlosch das Licht im Kopf des Seelenfressers. Sofort schrumpfte der riesige Körper zusammen. Die helle Haut wurde grau und schließlich schwarz. Erst jetzt ließ Utalon erschöpft die Hülle los und schüttelte ihren Kopf.

Von Galgenberg schrie wütend auf, dann feuerte er seine Magier an. Diese stürzten sich auf Utalon und beschossen sie mit Flüchen. Der Drache duckte sich tief auf den Boden. Er versuchte, zu seinem Boten des Lichts zu gelangen. Doch Florian machte Utalon ein Zeichen, dass sie unbedingt den zentralen Monolithen erreichen mussten. Der Junge hatte die Hoffnung, dort Nanea, Fanina, Torben und die beiden alten Drachen wiederzufinden und so Hilfe zu bekommen. Gleichzeitig stürmten sie los und trafen sich in dem Bereich, der intensiv vom goldenen Licht aus der Spitze des Monolithen beschienen wurde.

Als sie den zentralen Monolitenfelsen fast erreicht hatten, sahen sie, dass sich dort eine Reihe von Kämpfern aufgestellt hatte. Es waren die Elfenkrieger aus Kamnuan, die Naneas Mutter um Unterstützung gebeten hatte. Irgendwie mussten die Kamnuaner in diese Enklave gelangt sein. Florian schrie vor Freude auf. Begeistert winkte er den zwölf Einhörnern und dem samtig braunen Rehbock zu. Das musste Ewalon, ihr Anführer, sein. Er bemerkte den Jungen jedoch gar nicht, sondern blickte Funken sprühend in die Richtung der Magier. Dann sah Florian auch Fanina und Nanea sowie deren Mutter und noch einige andere Elfenkriegerinnen aus Kamnuan. Alle hielten ihre Zauberstäbe kampfbereit in den Händen und funkelten drohend die Magier vom Orden der Portalmagier an. Aber Florian erkannte auch, dass von Galgenberg bei Weitem mehr Kämpfer hatte.

Der Junge wurde von den Elfenkriegern in die Mitte genommen: Nanea, Fanina und Torben standen nun direkt neben ihm, Ewalon und einige der Einhörner auf der einen Seite, der Rest der Elfen auf der anderen Seite. Die drei Drachen versperrten den einzigen Zugang zu einem Pfad, der zu dem Monolithen hinaufführte.

Von Galgenberg grinste, als er das kleine Häuflein sah.

„Worauf wartet ihr noch?", schrie er siegessicher. „Formiert euch und greift an!"

Kurz darauf rannte zunächst die erste Reihe der Magier auf die Verteidiger zu. Als sie bis auf wenige Meter herangekommen waren, schossen sie ihre Flüche ab. Florian hatte sich weggeduckt und sah, wie der Fluch seines Gegners über ihn hinwegraste. Doch auch sein Fluch verfehlte seinen Gegner. Seine nächsten Flüche trafen jedoch ihr Ziel, denn zwei der Magier wurden von ihm getroffen. Da schrie Nanea neben ihm auf, als ein Feuerstrahl sie am Arm verletzte. Auch Ewalon, der als riesiger Rehbock neben ihr kämpfte, brüllte. Doch es schien, als ob die Flüche der Magier beide eher wütend gemacht hatten als sie zu lähmen. Zufrieden beobachtete Florian, wie einer der beiden getroffenen Magier so schnell er konnte davon humpelte, während dem anderen ein Magier half, aus der Reichweite der Elfenflüche zu gelangen.

„Nehmt die Schwerter und greift an", schrie nun von Galgenberg seinen Gefolgsleuten zu.

Die zweite Reihe der Magier griff an und rannte auf die Elfen zu. Doch die Elfenkriegerinnen hatte plötzlich alle Schwerter in den Händen, während die Einhörner ihre Hörner in Schwerter verwandelten und Ewalons kleines Geweih sich in ein Doppelschwert verwandelte. Geschickt wehrten die Einhörner und der Rehbock alle Hiebe der Magier ab und nur Lemort gelang es eines der Einhörner mit seinem Schwert zu verletzen. Als das Licht des Monolithen jedoch intensiver wurde und begann, die Portalmagier zu blenden, mussten diese sich wieder zurückziehen. Fast ein Dutzend Magier waren bei diesem zweiten Kampf verwundet worden, weil sie die Hiebe der Elfen und Drachen im blendenden Licht zu spät sahen.

Nach einer Weile begann der dritte Angriff der Magier, dieses Mal wieder mit den Zauberstäben. Sechs Magier versuchten Florian zu fangen. Er traf einen der Magier zwar mit seinem Fluch, und der stürzte sogar zu Boden, doch die anderen hatten ihn umringt und betäubt. Während zwei von ihnen versuchten, Florian davonzuschleppen, kämpften die anderen drei mit Torben, Nanea und Fanina. Während Torben von zwei Flüchen getroffen wurde und ebenfalls zu Boden stürzte, gelang es Fanina und Nanea zwei der Angreifer zu verwunden, die jedoch erbittert weiterkämpften. Doch da landete Utalon wütend und feuerspeiend direkt vor den Magiern. Sie hatte Florians Notlage gespürt und war ihm zu Hilfe geeilt. Ihre Krallen waren kaum einen Meter von

Florian links und rechts in den Boden geschossen. Die beiden Magier stolperten mit Florian nach hinten. Während sie Florian fallen ließen und der Junge bewegungslos liegen blieb, stürmten die beiden panisch davon. Nur die drei, die gerade noch mit Nanea, Fanina und Torben gekämpft hatten, standen mit gezückten und zielenden Zauberstäben vor dem Drachenmädchen. Ihre Flüche kamen zuerst und obwohl das Drachenmädchen sich blitzartig duckte, trafen sie zwei der Flüche. Einer dicht neben einem ihrer Augen, der andere ihren Hals. Doch die Flüche zeigten kaum Wirkung. Nur ihre Haut neben dem Auge qualmte, während die Schuppe am Hals überhaupt keine Reaktion zeigte. Utalon zielte auf einen der drei und gab einen mächtigen Fluch ab. Doch in dem Moment, als der Lichtstrahl ihr Maul verließ, verschwanden die drei Magier in Lichtblitzen.

Auch der nächste Angriff der Portalmagier scheiterte, weil die Kraft der Magierflüche denen der Kamnuaner und Altdrachensteiner aus unerfindlichen Gründen unterlegen war. Die eigentlich mächtigeren Flüche der Magier verloren im Licht des zentralen Monolithen weit mehr als die Hälfte ihrer Kraft.

„Wie kann das sein?", rief Lemort von Galgenberg nach dem dritten Angriff verzweifelt zu. „Ich habe ein Dutzend Flüche abgegeben. Jeder hat getroffen, doch die Wirkung ist gleich null. Die Elfen schütteln sich nach einem Treffer nur und den Drachen passiert gar nichts. Es ist, als ob sie gepanzert wären."

„Es ist das goldene Licht aus der Spitze des Monolithen. Es schwächt unsere Flüche, obwohl wir sie mit dem Moorgeistkraut verstärkt haben", erklärte von Galgenberg wütend. Jegliches Siegerlächeln und auch die Zuversicht waren aus seiner Stimme gewichen.

„Gibt es ein Gegenmittel? Und haben wir noch eine Chance?", fragte Professor Pegasus verärgert. Er hatte das Gespräch gehört und war nun an von Galgenberg herangetreten. Neben ihm stand Varus, gezeichnet von einem halben Dutzend Treffern, die seine Kleidung zerrissen hatten und ihm starke Schmerzen bereiteten, wie auf seinem Gesicht abzulesen war. Von Galgenberg schüttelte kaum merklich den Kopf, dafür sagte er mit lauter und fester Stimme:

„Wir müssen den Kampf eben außerhalb des Monolithenlichts fortsetzen!"

Professor Pegasus und Erwin Varus schauten sich an, dann verschwanden beide in einem Lichtblitz. Sie hielten eine Fortsetzung des Kampfes für sinnlos.

„Wir müssen jetzt durchhalten!", feuerte von Galgenberg daraufhin seine verbliebenen Getreuen an. „Das Licht des Monolithen wirft an den anderen Monolithen Schatten. In diesen Schatten werden wir den Kampf fortsetzen und gewinnen."

Doch er sollte sich täuschen, denn als das goldene Licht die anderen Felsen am Grund berührte, begannen diese ebenfalls sofort wie Kerzen zu leuchten. Der magische Glanz der Zuflucht vervielfältigte sich zwischen den Felsen und die Flüche der Portalmagier verpufften nun völlig.

Jetzt blieben von Galgenberg nur noch die vier Riesenkrähen, doch jedes Mal, wenn die Ungeheuer mit einem leuchtenden Schwarm der Silberwaldlibellen in Berührung kamen, schrumpften sie ein bisschen zusammen. Es war, als ob sie in dem wundersamen Licht dieser Insekten ihre künstlich gezüchtete Magie nach und nach völlig verloren. Endlich flatterten die riesigen Vögel davon, verfolgt von den Libellen, die sie immer wieder mit ihrem Licht traktierten und schwächten. Ihre magischen Kräfte erloschen allmählich, denn sie schrumpften immer mehr auf die Größe normaler Krähen. Schließlich verließ sie der Mut und sie flohen zum Tunnel, der zu Sattergons Höhle führte.

Nachdem im Hagel der Elfenflüche rund ein Dutzend Magier bewusstlos zusammengebrochen waren, gaben die übrigen den Kampf auf und flohen ebenfalls. Später sollte sich herausstellen, dass die Flüche der Kamnuaner eine verheerende Wirkung hatten. Denn die Magier konnten nach ihrem Erwachen keine Wörter mehr sprechen. Sie konnten daher auch keine Flüche mehr von sich geben. Der Kampf bei den zwölf Monolithen hatte sie zu Invaliden gemacht.

Auch von Galgenberg und Lemort waren kurz darauf verschwunden. Sie waren geflohen, als sie merkten, dass sie den Kampf verloren hatten.

16
Naneas Triumph

Florian und Utalon ruhten erschöpft neben der großen Linde. Auch Nanea, Fanina, Torben und die beiden alten Drachen hatten sich zu ihnen gesellt. Die Kamnuaner Elfen hatten einen Kreis um die sieben Gefährten gebildet und sangen wunderschöne Elfenlieder, bis sich die lichtstrahlende Königin der Silberwaldlibellen näherte und vor ihnen niederließ. Sie summte:

„Die Magier haben nun verstanden, dass sie das Licht der Zuflucht nicht besiegen können. Und die, die in dem Licht gescheitert sind, müssen wieder anfangen, ihre Sprache zu lernen, und eines Tages können sie sich erneut entscheiden, welchen Weg sie gehen: ob sie dem Weg der Habgier folgen oder ob sie dem Weg des friedlichen Zusammenlebens mit allen magischen Wesen folgen werden."

Torben und Fanina wollten nach Hause, sie nach Altdrachenstein, er zur Pensionsgasse in Cerninia. Vorausgesetzt natürlich, man würde ihn denn in Cerninia freundlich behandeln. Der Junge hoffte auf ein Machtwort von Direktor Kwantentorf zu seinen Gunsten. Außerdem wollte er sich für ein friedliches Zusammenleben mit den Elfen einsetzen. Sattergon dagegen war nicht abgeneigt, Sülaton zu folgen.

„Nach über fünfhundert Jahren in dieser Enklave könnte ich mich doch mal verändern und nach einem ruhigeren Plätzchen umschauen", meinte er und sah

Sülaton verwegen an. Dann fuhr er fort: „Wenn es in Altdrachenstein ungefährlicher für Drachen ist als hier und es dort ein Plätzchen gibt, wo sich ein alter, pflegebedürftiger Drache etwas erholen kann, dann würde ich mich dort gerne ein Weilchen aufhalten", bemerkte er augenzwinkernd zu der alten Drachengroßmutter.

„Oh", summte Sülaton erfreut. „Dann müsstest du aber mit mir und drei jungen Drachen in einer Höhle leben. Ich weiß nicht, ob du das in deinem Alter noch aushältst, Sattergon?"

„Ich brauche nur eine eigene Höhle zum Schlafen, nicht mehr und nicht weniger", antwortete er bescheiden.

Florian und Nanea hörten den beiden Drachen zu. Mit glücklich strahlenden Gesichtern standen sie nebeneinander, Hand in Hand, als ob sie nun ihre Zukunft gemeinsam verbringen wollten, was Sülaton neugierig machte.

„Und ihr beide, was habt ihr vor?", fragte sie Florian und Nanea gespannt.

„Nanea will mir noch etwas zeigen", sagte Florian und deutete auf den großen Berg in der Ferne, dessen Gipfel voller Schnee war und hinter dessen Spitze die Sonne langsam verschwand.

Nanea legte ihren Kopf auf seine Schulter und blies ihm eine Locke aus der Stirn. Er ließ sie gewähren. Zwischen ihren Händen, mit denen sie sich berührten, sprühten im dunkler werdenden Licht unzählige golden blitzende Funken. Nanea blickte zur untergehenden Sonne und schloss ihre Augen.

Doch plötzlich lächelte sie ihn spitzbübisch an und stieß ihn von sich. Dann hüllte sie sich in eine rote

Dunstwolke ein, aus der kurz darauf ein Drache hervortrat. Als er die Flügel ausbreitete, musste Florian zur Seite springen, um nicht umgeworfen zu werden. Schnell stieß sich der rote Drache vom Boden ab, stieg in die Luft auf und sauste dann wieder auf Florian zu, schien ihn fast zu streifen. Der Junge musste sich ducken. Lächelnd verwandelte er sich ebenfalls in einen Drachen, allerdings einen blauen. Schnell breitete er die großen Schwingen aus und versuchte, den roten Drachen einzuholen. Es sah zunächst wie eine harmlose Tändelei aus, doch immer mehr wurde ein Tanz daraus und jeder wollte den anderen überflügeln.

„Darauf wird er doch nicht reinfallen", summte Utalon Sülaton empört zu.

„Doch, das wird er", antwortete Sülaton glücklich.

Noch immer dauerte das Schauspiel in der untergehenden Sonne an. Hin und wieder berührten sich die Flügelspitzen des blauen und roten Drachen. Dann sponnen sich für einen Moment feine gelbe Lichterfäden zwischen ihren Schwingen.

„Ich muss Florian folgen", summte Utalon besorgt.

„Heute Nacht nicht", bestimmte Sülaton. „Heute folgst du uns."

Sie wandte sich zum Gehen. Willig folgte ihr der humpelnde Sattergon. Fanina, Torben und Utalon schlossen sich ebenfalls an. Sogar die einsamen Gestalten der einst gefährlichen, nun jedoch willenlosen Magier trotteten hinterher. Ab und zu blickte Utalon besorgt und sehnsüchtig zum Himmel, doch dann stieß Fanina sie lächelnd an.

Erst viel später erfuhren die Gefährten, dass Professor Pegasus und Varus wieder aufgetaucht waren und sich empört gegen die Vorwürfe, die man ihnen machte, gewehrt hatten: Vergeblich hätten sie sich bemüht, von Galgenberg davon abzuhalten, in die Höhle des Drachen und in die Enklave der Zuflucht einzudringen. Selbst von Galgenberg erschien nach einiger Zeit wieder in der Enklave Cerninia, was alle überraschte. Er behauptete, Lemort habe den Plan ausgeheckt, den Schatz der Elfen zu suchen. Er habe ihn davon abbringen wollen, um das Schlimmste zu verhindern. Leider habe Lemort aber nicht auf ihn gehört. Und bei der anschließenden Schatzsuche seien die Magier eben schnell außer Rand und Band gewesen und zu keiner vernünftigen Handlung mehr fähig. Nur von Lemort fehlte von da an jede Spur.

Zeitfracht Medien GmbH
Ferdinand-Jühlke-Straße 7
99095 Erfurt, Deutschland
produktsicherheit@kolibri360.de

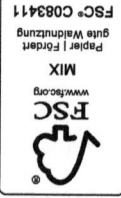